穿越吧吉祥話

故事
gushi.tw

黃庭頎
謝博霖
著

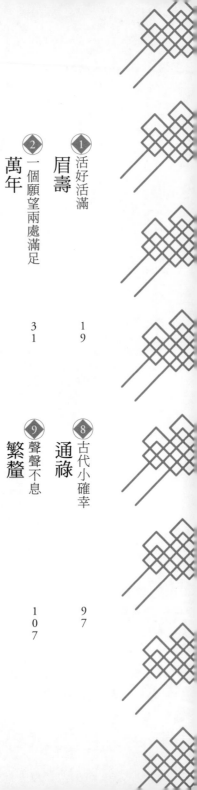

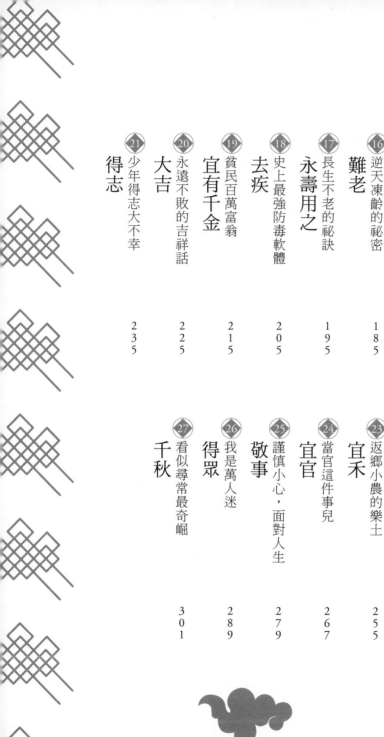

推薦序一

以風趣的語言帶出埋藏在古代的寶物

中央研究院歷史語言研究所兼任研究員
蔡哲茂

吉祥話，也就是古時泛稱的嘏（ㄍㄨˇ）辭。西周貴族遇上了好事，往往會鑄造銅器，並在器上書寫祝福的話語。由於這種祝福的吉祥話頗多，引起了學者的注意。自徐中舒〈金文嘏辭釋例〉以來，研究嘏辭的學術成果並不少，以至於今日，在這本書裡得以有較為清楚的面貌呈現給世人。

庭頎和博霖這次所撰寫的《穿越吧吉祥話》，正是將學術研究的成果，普及給一般大眾的讀物。雖然今日吉祥話仍舊足夠使用，不過語言藝術往往會因濫用而俗套，失卻其美感。若能有古人典雅的嘏辭注入，想必能活化大眾的語彙庫。

語言除了會隨著濫用而失去美感，也會隨時間失落其意義。在漫長的語言史中，許多詞彙誕生，也有不少詞彙淪為死語。有些嘏辭今天一望可知，如大吉、多福、難老，有些則不然。眉壽一詞，兩千年來均未有確詁，拜今日大量地下文獻出土之福，學者終於能破解一些死語之謎，並落實眉壽的意涵。又如純魯，其中魯字，今日日常語用多為負面意涵，而其為福氣的意思，只能從古書裡找到。這些埋藏在古代的寶物，有賴此書將其從學術的寶庫中掘出，佐以俏皮活潑的方式，重回現代人的視線。

本書另一個重點，即其寓文字學與上古史於各種有趣的小故事中，將一般人經常誤解的、有迷思的事情予以澄清，又不淪於枯燥的說教。像書中提到古人思想的轉變，即採自杜正勝院士〈從眉壽到長生——醫療文化與中國古代生命觀〉一文。此闡述了古人思想從追求長壽卻仍會死去，到追求個體生命永存的轉變。又如書中提到「麥」與「來」意思的錯置，積非成是，一錯到今日。此外，書中又援引了「正」、「旦」應為形聲而非象意的說法，均能破除當今的些許漢字迷思。

這些說法本來都只存在於學術界內，有賴庭頎和博霖的努力，將這些象牙塔裡的知識以風趣的語言帶出。此外，更令人驚豔的是書中每篇穿插的情境劇，可說是妙趣橫生。漢語是富有歷史感而又複雜的語言，如本書所寫關門大吉的故事，如果不懂古語意涵，說不定真有可能誤解為祝賀語。

本書中有不少類似的例子，是故我在此鄭重推薦這本書。這本書既可以認識古代吉語，又具實用性質，且不僅可以了解一些漢字知識，還可以享受閱讀帶來的樂趣。

推薦序二

將古文字化為四處閃耀的亮點

游逸飛
中興大學歷史系助理教授

人是社會性的動物，掌握語言是人之所以為人的標準之一。人可以不識字，古人多文盲，但人幾乎不可能不懂語言，否則便無法與他人溝通交流，也難以在社會上生存。

雖然人對語言的掌握，必然來自於後天的學習，是社會化過程的一環。但「母語」一詞多少暗示人們相信語言能力是人的先天本能，是透過環境浸染而成。相對於母語的「外語」，則因為缺乏相應的環境陶冶，才成為人必須學而時習之、時時勤拂拭的功課。換句話說，「母語的學習」在一定程度上變得弔詭，既重要也不重要，母語彷彿只有不成熟的小孩子需要學習，當代臺灣的成年男女有誰會為了實用目的而去學習漢語／中文？

這樣的心態，即便是號稱「文史不分家」的歷史學者也未能免俗。在傅斯年高揭「史學就是史料學」的旗幟影響下，臺灣歷史學界頗為重視文獻史料的研讀，亦以此自豪。但臺灣歷史學者對文獻的研讀，往往契合於姚從吾「要學游泳就要跳下水」的觀念，一頭栽入浩瀚史料之中，以皓首窮經的精神鍛鍊出良好語感，卻因缺乏中文系「小學」（文字、聲韻、訓詁）的系統訓練，不易將語感落實為具體分析，亦不擅長透過具體論證去檢驗語感的對錯。

《穿越吧吉祥話》一書並非給人按部就班習練的武功祕笈，而是一部由二十七個先秦吉祥語組成的精選集，裡頭呈現的知識毋寧說是不成系統的，讀者的中文能力決不可能因為讀畢全書而大進。但當我們隨意展卷瀏覽，作者費盡心思所鋪陳的古文字、漢字學、語言學等基本知識，卻化為四處閃耀的亮點，引領我們去反省：原來我們對所謂的「母語」如此無知！母語絕非生而知之，我們必須透過努力且持續地學習，才可能深入掌握母語。而母語的深入掌握，相當程度倚賴於我們對母語的前身，也就是「古漢語」的掌握。例如本書指出漢字究竟是象形、會意抑或形聲文字？只看楷書體漢字無疑不得其門而入，只有回溯隸書、篆體、六國文字、金文、甲骨文等上古漢字的形體，我們才知道「正」、「旦」等現代看似象形、會意的漢字，在古代恰恰是不折不扣的形聲字！換句話說，《穿越吧吉祥話》一書並非是介紹對今人可有可無的古漢語知識，而是透過古代吉祥話，申說當代臺灣人也應了解的母語基本觀念。本書既不滿足於「學術標準」，也不滿足於「通俗故事」，而是堅持雅俗共賞，為「知古鑑今」一語，創造了新的履踐實例。吾輩上古史學者敢不汗顏？

但本書限於篇幅與體例，包含的漢語基本觀念並不多。「活學活用」欄目多為博君一粲，具實用性質者有限（就我的經驗而言，古代吉祥話在當代最適用於寫在親朋好友的紅包袋上，往往兼收祝福與印象深刻之效）。本書對當代讀者究竟還有什麼用呢？我認為磨練讀者的思考能力，其實才是本書最大的價值。以本書的第一個吉祥語「眉壽」為例。「眉壽」乃「長壽」之意，此為知其然，只須記憶力便能掌握。但古人為何用「眉」指稱長壽？此為知其所以然，想要知道，非得有一定的分析與理解力不可。作者舉出了「長眉老人」、「山東方言」與「『眉』『彌』通假」三種解釋，並辨析前兩種說法的不合理之處，最後支持第三說。讀者讀到這三種說法時是否被說服？讀到作者的辨析時，究竟是暗合於心、恍然大悟抑或不甚服氣？無論結果如何，都是一場高度刺激的智力遊戲。

而作者將「眉壽」解釋為「彌壽」、「滿壽」、「盡壽」後，進而指出「永生」的觀念並非西周人的主流觀念，當時人仍有強烈的宗族共同體意識，並不追求個人生命的永續，而是追求宗族的永續。作者又在後面「無期」等吉祥話條目裡指出「眉壽」的觀念在東周時期逐漸被「長生」取代，反映了當時共同體意識衰微、個體生命獨立出來。從小小的吉祥詞語演變，敏銳透視整體文化、社會與政治的變遷，揭示當代臺灣人的生死觀念淵源於何時。讀者若是第一次見到這樣的論述方式，能不為此心折嗎？學術思考可以讓人見到尋常事物背後的不尋常，其趣味與意義不過如是。

關於從「眉壽」到「長生」，作者尚可從先秦兩漢墓葬形制的變遷切入，指出戰國秦漢墓葬開始有「建立個人死後的美好家園」的意圖與功能，與吉祥話的演變脈絡若合符節。

最後我想指出，或因本書內容最初在網路上呈現，本書在解釋「小邦周」擊敗「大邑商」這一高度複雜的歷史課題時，似乎略有些俗而不謹。「夠狠、義氣、兄弟多」是作者歸納周能克商的三大原因。「兄弟多」一條，多少暗示讀者周與商的實力並不那麼懸殊，但僅用《尚書》舉證出周人的盟友八國，卻未說明商人的屬下及盟友數量，顯然有論證片面之虞。「夠狠」與「義氣」則涉及傳世文獻對文王形象的建構問題，不宜簡單皆視以為真。上述對有趣搞笑的「較真」不免枯燥無聊，但亦有助於磨練讀者的思考能力。既然作者在〈自序〉裡有心避免「超譯」，相信管見陳於此處，必不以為罪。

無論上述是否得當，《穿越吧吉祥話》肯定是一本歷史學者與社會大眾都能從中受益的佳作，值得大力推薦。

推薦序三

透過吉祥話，穿越回到周朝

胡川安
中央研究院歷史語言研究所博士後研究員
「故事：寫給所有人的歷史」網站主編

戊戌狗年即將過去了，迎接未來的一年，我們總是得說幾句吉祥話，希望來年更好。雖然現在的局勢不穩，從臺灣、中國到世界都讓人開心不起來，但來幾句吉祥話，讓我們對於未來還帶點希望。吉祥話就是祈福，希望老天賜福避禍，在茫茫的人生中點出光亮。

如果說起中國最早的文字資料，應該推到西元前一二〇〇到西元前一〇四五年左右，商王還有貞人為了進行占卜，將最早的文字刻在火灼的龜甲和獸骨上，當時文字的使用方式還相當的素樸，但已經可以在甲骨文當中看到「上吉」、「引吉」、「大吉」等，由此可見吉祥話與整個中國文明息息相關。

商後來為周人所取代，周人是小邦小國，他們如何滅掉勢力龐大的商人呢？周人如何取得統治萬邦的勝利呢？周人不像商人，任何事情都要問祖先，或是奉獻大量的供品祭祀。小邦周滅掉商人的原因在《尚書》中認為是「天命」的眷顧，要如何才能獲得「天命」呢？要有「德」，「德」是可以盡力達成的人事，努力做，老天就會看到，愛拚就會贏。周人獲得了「天命」，但又怕老天把它拿走，所以只能祈求，希望上天一直賜給周人很多很多的福氣。

周代是中國歷史上吉祥話大量迸發的時代，原因即出現在周人的不安全感。商代的人覺得只要好好地拜祖先和上帝，就可以獲得政權的長治久安，但周人不同，他們要「敬事」、「敬天」、「敬上」，才能夠保住得來的天命。除了希望老天保佑他們的政權，也希望讓他們富有、健康、無災無難、長壽……，我們現在人所祈求嚮往的事情，周代的人也都想要。

本書的作者野蠻小邦周是「故事：寫給所有人的歷史」網站的招牌作者之一，「故事」網站創辦四年多以來，超過兩千篇的文章，臉書上將近二十萬的粉絲，每月觸及率將近百萬，出版超過二十本書，線下活動超過百場，成為臺灣人文知識媒體的佼佼者。過去幾年當中，「故事」網站所仰賴的就是一批優秀的作者，讓我們的內容維持相當高的品質，而且沒有間斷地持續產出。「故事」網站擅長的地方就是能把以往大家不關心的歷史講得有趣，並且在文章當中獲得知識。

我長期負責「故事」網站上的專題和內容，也培養了一些新的作者。這些作者一開始都是素人，皆是相當年輕的作者，文章不僅在網路上獲得大量分享，很多作者在幾年的寫作過程中，已經成為相當成熟的作者，出版專書、賣出海外的版權，還代表臺灣的出版品前往法蘭克福書展，成為臺灣人文的代表作。

「故事」網站什麼樣的文化和歷史都有，野蠻小邦周負責的是中國古代文明，當初我邀請他們到「故事」開設專欄，原因在於深深感覺到臺灣的人文知識泉源必須回到中國古代文明當中尋找，中華文化對於臺灣而言是個資產，我們必須了解和詮釋，讓相關的文化得以在臺灣找到新生命，漢字就是其中很重要的一部分。野蠻小邦周的成員具備豐厚的文字學與古代史的背景，文章讀起來相當輕鬆，但背後所蘊藏的知識濃度相當的高，深入淺出的帶領讀者進入古文字的世界。

幾年來「故事」網站的粉絲們一直在問我野蠻小邦周的書什麼時候出版？由於他們對於書的質量要求的很高，所以遲至現在才出版了第一本書，之後還會陸續創作。《穿越吧吉祥話：周朝的漢字劇場》不只是一本教你說吉祥話的書，還是一本理解中國文字的書，也可以透過本書了解歷史和文化，一舉數得！

最後，希望大家新的一年「降余大魯福亡斁」，這句話的出處和典故在哪裡呢？大家讀完這本書就知道了！跟著古代人學吉祥話，包準讓你氣質不凡，談吐出眾，並且成為眾人的焦點（會嗎？）！

自序

這是我們的第一本書，一本古文字的普及讀物。出書，還是出一本古文字學的書，這可能是大學時從沒想過的事，起碼那時的我們一個想研究小說，一個想研究宋詞。可命運就是這麼鬼使神差地透過一連串機緣，讓這本書面世了。

猶記得十年前，蔡哲茂老師在政大開設了一門青銅器銘文的研究所課程，選課人數不多，約莫五六人。因為這門學問的門檻頗高，大家常常連講義裡的難字都看不懂，所以總是從課中討論到課後，接著大家再邊討論邊走去餐廳吃飯，如今想來，也是一段十分單純且美好的時光。當時雖然覺得研讀銘文相當有趣，做起報告卻是苦不堪言。古文字學的報告，因為很多古字不存在於電腦裡，經常剪貼各種古文字圖檔，其間手續枯燥乏味，讓人沒法一馬平川地暢所欲言。甚至為了徵引一段學者的說法，用小畫家繪製了十數個怪字，然後一一貼上文檔，這種瑣碎實在大大消磨了原有的興味。

十年過去了，我們終究還是踏上了古文字學者這條路。儘管這段期間各自完成了碩士論文，但必須承認，至今仍只能管窺蠡測古文字這浩繁世界之一隅。而在這時，處於博士生涯後期的我們共同面臨一個重要挑戰——教學。長期以來，總是從研究者的角度思索著問題，追究如何釋讀未解的古文字。教學則完全不是這麼一回事，它所需要的，是將研究者熟知的知識，轉化成有趣又不失內容的解說。這類寫作，難點在如何平衡文學效果與學術專業。講得有趣搞笑，就得擔心是否超譯；講得嚴謹可靠，又要害怕枯燥無聊。

很幸運地，在這特別的時刻，因緣際會地遇到了「故事」團隊。在這個以歷史普及為目標的網站裡，我們和其他夥伴學到如何書寫面向普羅大眾的文字、如何將深難知識轉化成有趣的敘述。在「故事」網站新手村練等級兩年之後，我們終於開設了臉書粉絲頁：野蠻小邦周，並在其中從事各種大膽的嘗試。其中嘗試撰寫一些漢字、青銅器、古人習俗的小短文，以及這本書的前身——吉祥話專欄。因為有了這些，我們才能被臺灣商務印書館看見，才有機會進一步將專欄擴寫成書。

這本小書的出現，使我們意外踏上作家（？）之路，因此需要特別感謝臺灣商務印書館的李進文總編輯，有勇氣給從未擁有出版經驗的我們一次機會。同時感謝何宣儀、王育涵兩位編輯，非常包容且和氣地處理稿件各種問題。最後，還要感謝佛光大學林明昌老師，臺灣大學蔡佩玲、歐陽宣以及哥倫比亞大學王詩涵三位博士，沒有您們的牽線與協助，這本小書不可能完成。

儘管這是一本輕薄小書，總還是會有不少錯誤及疏漏之處，此皆為我們的責任。最後，希望這本小書能為每位讀者帶來一段輕鬆有趣的歷史時光。

黃庭頎、謝博霖
二〇一八・十一・十五

吉　祥

眉壽

活好活滿

穿越吧 1 吉祥話

吉祥話的原形

吉祥話的出處

「眉壽」是個運用廣泛的西周吉祥話，見於大部分有銘青銅器，出沒時間從西周早期到戰國早期，也存在於古書上，說是先秦吉祥話之最一點也不為過。這個詞彙實質上也距離我們不遠，在臺北故宮博物院收藏的國差𦉜（ㄉㄢˋ）銘文就有這個詞。

國差𦉜是春秋時器，作器者國佐（差、佐二字，古代同音）當時執掌齊國國政，又是齊國兩大家族——國、高二氏中國氏之長。為了紀念他執政，因此鑄造了一個大酒罈。感念齊國國君的信任，國佐在銘文上祝福君主「受福眉壽」，無災無難，更祈禱齊國能平靜安寧。

◎國差罎（臺北故宮博物院藏）

◎國差罎銘文拓本

吉祥話的涵義

眉壽就是「長壽」的意思，古書上寫成眉壽，但在周朝的青銅器上，「眉」卻寫成「」的樣子，就像人的頭上倒放了個水盆。在西周比較晚期的寫法，會再加上水表示倒水。有些時候臉盆不要了，直接寫成湏（ㄏㄨㄟˋ），只取潑水的意思。臉盆從頭上澆水，當然不是古代的關懷漸凍人活動，而是「沬」（ㄇㄟˋ），或是加兩隻手（廾）的「頮（ㄏㄨㄟˋ）」字，意思就是洗臉啦。

至於為什麼眉壽有長壽的意思，其中的故事曲折離奇，就請讀者再往下看。

吉祥話小故事

眉壽，顧名思義，可以看得出來是與長壽有關的吉祥話。這個吉祥話由來很久，《詩經》有「以介眉壽」，即是用來祈求長壽的意思。對於掌握文字的貴族來說，農夫為其種田獻糧，僕人為其灑掃庭除，長大出社會就是管理階層，看似逍遙自在，衣食無虞。然而，時間對每個人都是公平的，即使是富有天下的周天子，也不可能逃過歲月的摧殘。歲月是把殺豬刀，追著這些衣冠楚楚的貴族，讓他們倉皇憂慮地祈求自己能活好活滿，不要該享受的沒享受到就離世長辭，那就太不划算了。

因此祈求長壽的吉祥話在西周青銅器中占據了極為主要的位置，不僅種類多、頻率高，類似的概念還延伸到春秋戰國、秦、漢以至現代。現代人祝賀用「壽比南山」、「萬壽無疆」，周朝的貴族用的是「眉壽」，可是問題來了，長壽就長壽，古人也不是沒有「長」這個字，為什麼偏偏要用一個看起來無關的「眉」字來形容壽命很長呢？

這個問題一直到這一百年來，才有多數學者認可的答案，想不到吧？最初，為古書出現「眉壽」一詞注解的人是這樣想的：「人老了眉毛會變長，長眉老人的形象與長壽相聯繫」，這種說法似乎有些合情合理。即使在今天，在網路上搜尋「長眉老人」時，也可以看到許多眉毛變長的老人照片。

可是，這個說法真的合理嗎？精於訓詁的清代學者提出了一個疑問：只說「眉」，不一定指的就是長眉，年輕人也可以有眉毛啊！而且只從「眉」這個字，根本看不出是老人的長眉還是年輕人的黑眉。比如說龜壽、鶴齡，是用龜、鶴這兩種長壽的生物來比喻，可是不論長壽或短命的人都有眉毛，何以分辨呢？更不用說長壽老人眉毛不一定很長，兩者沒有必然的關係。

問題既然被挑起，自然要提出一個可信的解釋。在漢代一本記錄各地方言的書籍《方言》中記載：「眉、棃（ㄌㄧˊ）、耋（ㄑㄧˊ）、鮐，老也。東齊曰眉。燕、代之北鄙曰棃，宋、衛、兗（ㄧㄢˇ）、豫之內曰耋。秦、晉之郊，陳、兗之會曰耇鮐（ㄍㄡˇ ㄊㄞˊ）。」這邊涉及到一個很有趣的觀念，那就是古代中國人說的話，東西南北各地差異很大。同樣表示

「老」這個概念，山東人說「眉」，河南人說「耋」。這就像是橡皮擦在臺灣，有些地方叫「擦布」，有些地方叫「擦子」，還有些地方叫「呼啊」，說法很多。同樣的，「老」這個意思，在古代山東話裡正是用「眉」來表示的。

看起來把問題推給山東人就可以解決了，很可惜事情沒這麼簡單。若是「眉」等於「老」，應該要在文獻上可以見到單獨用「眉」表示「老」的例子。比如說：「他看起來很眉，應該超過八十歲了」或是「眉人年金」之類的用法。然而，我們並沒有發現這類的證據。

顯然山東方言並不能提供答案，答案該從哪裡找起呢？在甲骨文中，有一個詞——「湄日」，非常頻繁地出現，引起了近代學者的注意。我們知道，甲骨文絕大多數都是占卜紀錄，其中商王有時會占卜「湄日無災」，這是在問什麼呢？

甲骨學者認為，古代「湄」與「彌」聲音相近，今日小孩出生滿一個月，要吃「彌月」蛋糕，「彌月」就是「滿月」的意思。「彌日」也就是

「整日」，這個占卜就是在問「整天是否無災無難」，也就是一日運勢啦。由於「彌」字比較晚被發明，在較早的時候，是先借與「彌」音近的「眉」字來代替使用。

將甲骨文「湄日」與「眉壽」聯結在一起，並且用借音近字的方式聯結起「彌」字，看似是一個很好的解答，但還是有點怪怪的？比方說，滿月是指滿了一個月，眉壽若是滿壽，意思就是把人生活好活滿，聽起來實在不怎麼令人滿意。

但在這裡我們要注意一件事，彌月是滿一個月，但壽的日期並不是固定的，因此在周朝，眉壽常常跟「萬年」、「無疆」、「無期」等期限組合在一起，這意思也相當於「如果要在這段生命加上一個期限的話，我希望是一萬年」！

除此之外，也須考慮到古人的想法與現代不一定相同，西周時期不一定發展出「永生」這樣的概念，或者說「永生」的想法未必占據主流位置，只要可以盡其天年，不殤不夭，就已經很好了。由於眉壽長期的被當作長壽的同義詞使用，因此盡其天年這樣略嫌抽象的詞義，就擴張成「可以活得很長很久」的意思了。

活學活用

眉壽

在某個閒聊打屁的論壇裡，一個發文者開啟了新的話題。
「明天老闆他爸過生日，求個吉祥話，用五十點數。」
短短三分鐘內就湧進了數十則留言。
「壽比南山！」
五秒鐘後立刻慘遭噓文：「我覺得不行，明天可以不用來上班了！」
「萬壽無疆。」
這次被嗆得更慘：「萬獸之王，萬秀豬王，斗擠？」

「壽終正寢！」

「我覺得明天你跟你老闆會上社會版頭條……」

緊接著一陣胡鬧後，什麼「度日如年」、「韓壽偷香」、「百年偕老」、「萬佛朝宗」、「野格炸彈」都出籠了，樓歪到不忍卒睹的境界。

求教心焦的發文者再次呼籲大家不要再玩，趕緊給個「酷炫炸天」的吉祥話。

此時螢幕發出一陣金色的閃光……

發文者見到最新的回覆後雙膝一軟，噗咚一聲跪地——

喃喃自語地說：

「眉壽萬年……真是太古雅了……太好了……明天有救了……」

據說隔天許多藥局都湧進買保護膝蓋軟骨的保健品，這樣集體搶購的事件，讓新聞媒體不禁懷疑是否又是廠商人為操作。

LIVE 1.5 K 126

同場加映

壽終正寢！

明天會上社會版頭條……

眉壽萬年。

明天有救了……

小邦周劇場

吉 祥

萬年

一個願望兩處滿足

吉祥話的原形

吉祥話的出處

萬年，可說是西周金文萬用百搭款，不管是要祝壽、祈福、祭祀還是婚喪喜慶，只要加上「萬年」二字總沒錯。看到萬年，古人第一個想到的就是時間，想到時間馬上聯想到壽命，因此早在西周初期就有「萬年壽考（古代考．老相通）」的說法。可想而知，當然是希望能夠有長久的歲數可以愛你一萬年。西周中期這種說法就變得更流行了，像是「萬年眉壽」、「萬年壽」、「萬年無疆」、「萬年霝終」等各種簡稱和組合紛紛出籠，而我們今天說的「萬壽無疆」大概也是從這個基本結構組合出來的。不僅如此，西周人還把「萬年」結合在祭祀事務上，因此出現「萬年祀」、「萬年用祀」、「萬年用享祀」，是不是有種句子越長威力越大的錯覺呢！

認得「萬年」跟它的各種組合，可以說已經認識到第一個西周吉祥話的精髓。不過即使「萬年」這個詞在西周造成大流行，是吉祥話界的扛霸子，但到了東周卻被「無期」給取代了，理由很簡單，人心的欲望總是越來越大，希望不只能活一萬年，最好永永遠遠活下去。

吉祥話的涵義

萬年，讓我們先從萬字看起。萬字本來像一隻蠍子，有一種說法是蠍子產卵很多，從多這個意思引申為數量上的萬。蠍子的兩螯成為萬字上面的草頭，身軀則是中間的田，尾巴則變形為底下的「禸」（ㄖㄡˊ）。

除了引申出長久的意思，用來修飾壽命的長短或是子孫保有銅器的時間（子孫保有銅器，意即拜祖先不斷絕，也就是家族延續興旺），還可以作為長壽的意思使用。像是「萬年無疆」，即使沒有說這是祝福長壽，但福祿萬年乃是建立在壽命萬年之上，所以萬年除了代表長久外，在西周吉祥話中也隱含長壽的意思。

吉祥話小故事

萬年，照字面上看就是一萬年，似乎沒什麼問題嘛！欸……等等，事情沒有那麼簡單。

在西周早期的時候，萬年作為一種祈福的吉祥話，並不是獨立使用的。畢竟富貴壽命可以萬年，噩運也可以萬年，作為描述時間長短的詞語，一開始並沒有什麼吉祥的意義。早期多數都是用來表示：「希望一萬年內與其後的子孫都可以珍惜這件銅器」。這裡的一萬當然不是實指，而是指長長久久的意思。

在西周中期之後事情就變了，要知道語言這東西是會變化的，俗話說「科技始終來自於（懶）人性」，語言也不免受到簡便的心理因素影響而被拉扯變動。萬年雖然本是一種中性的，作為長久意義的時間修飾語，但因為這類吉祥話早期多半都是求長壽，萬年不可能有短命的任何可能性，因此也被視為長壽的同義詞。例如銅器中有祈求「三壽、懿德、萬年」，其中三壽的精確意義不明，大略可知是長壽，懿德即是美德。那麼，萬年呢？美德萬年？這樣前二後四的詞組排列，太不美觀了吧？吉祥話這事，除了意義良善、用詞精美外，也要追求韻律有致，念起來才有FreeStyle的感覺，聽起來舒服，幸福的感覺也就洋溢在心頭了。不信？我們有文為證：（宗周鐘，臺北故宮博物院藏）

先王其嚴在上，㲋㲋豐豐，降余多福，福余順孫，三壽惟利，胡其萬年，畯保四域。（㲋，音ㄔㄨㄛˋ）

◎宗周鐘（臺北故宮博物院藏）

回頭來看萬年，在西周早期就有單獨使用的狀況，像是祝福「天子萬年」。也許有人看了會問，什麼萬年？壽命萬年？天子之位萬年？欸……都是長長久久，不要分那麼清楚，能保住天子之位一萬年，也就相當於活了一萬年，不是嗎？一句萬年，福壽雙全，摸蛤仔兼洗褲，好「萬年」，當然要用啊！

因為萬年意義的擴張，使得某些青銅器上面的許願文章變得非常不好理解，比方說：「師望其萬年子子孫孫永寶用」，到底是想要師望長壽萬年，還是想要師望的子孫將銅器代代相傳超過萬年呢？搞得讀者好混亂啊！

學者認為，這類不好分辨的許願文，大概兩種都想要吧？因為在另一件青銅器的許願文是這樣說的：「申其萬年用，子子孫孫其永寶」，這裡多了「用」字，所以很明顯是作器者申哥希望自己可以長久使用這件寶物，又希望子子孫孫將寶物代代相傳下去。

不得不說這真的有點奇幻，比《康熙帝國》片尾曲「我真的還想再活五百年」還奇幻，如果申哥萬年使用這件銅器，他的小孩又怎麼能傳承此物一代又一代呢？

這個問題後來也有人想過，在《晏子春秋》中，有一天齊國君主齊景公去山上郊遊，看到繁華的國都，悲從中來，不禁說：「想到有天終究要拋下這世間繁華而死，哭哭了我。」旁邊的兩個臣子看風向也跟著哭哭，抱團取暖求安慰，其實是想拍馬屁。很可惜旁邊站的是嘴砲殺人王晏子，果不其然，晏子一副「哈哈！你看看你」地大笑起來。景公把眼淚擦乾後問：「笑屁笑？」晏子解釋：「你的祖先姜太公、齊桓公如此英明偉大，要說也是該讓他們眉壽萬年。要是你的祖先都想再活一萬年，哪有你登基為君的一天，現在你大概還在『媽媽十元』吧，科科」。

齊景公被晏子嘴爆是《晏子春秋》中的日常，雖然這種許願有點矛盾，不過也可以看出古人許願祈求，跟買樂透一樣，把能填的組合通通買起來，祖孫傳位悖論問題等中了再說吧！

活學活用

萬年

「哎呀！項鏈掉了！」

女孩沮喪地望向塞滿煙蒂與汙泥的臭水溝，想從視線所及處尋找項鏈，甫蹲下身，就被一陣惡臭薰得皺起了眉。

「怎麼辦……」

話音方落，時間彷彿暫停一般，四周鴉雀無聲。忽然一陣強烈的閃光閃過，水溝裡浮出了身著白衣的湖中女神，女神說：

「你掉的是這把金鑰匙？還是這把銀鑰匙呢？」

「等等……為什麼水溝有女神？我掉的是我的祖傳項鏈……」

女神無視女孩的疑問，快速地以棒讀的語調說明著：

「掉項鏈一定有風險，掉落前請先詳閱公開說明書，由於你掉項鏈後能誠實地抗拒金鑰匙與銀鑰匙的誘惑，湖中女神開運賜福股份有限公司，以下簡稱本公司，依據規章第八十七條第六六六項規定賜予妳一個願望，請在嗶聲後留言。嗶——」

女孩堅定地說：「我只要我的祖傳項鏈就好。」

只見女神雙目含淚，有如看見聖人轉世般，哽咽的要求女孩許下一個願望。

女孩沉吟後緩緩說出：「曾經有條祖傳的項鏈佩戴在我身上，但我卻沒有珍惜，掉進了水溝裡，這是人世間最後悔莫及的事。如果上天給我一個機會重來，我希望我可以『萬年無疆』戴著它，永不拋棄。」

又一陣強烈的閃光閃過，女神消失了，而項鏈也回到了女孩頸上。

回到家後，女孩撫摸著項鏈，得意地笑了。

二百年後，傳說在某處高山上，有山友看見一仙風道骨之女子，傲立山巔，胸前掛著一串項鏈，隨著風聲呼嘯，白日飛升，得道升天。

同場加映

小邦周劇場

吉 祥

永命

天公伯來相挺

吉祥話的原形

吉祥話的出處

「永命」是一個只見於西周時期的吉祥話，它常常被拿來與眉壽、靈終這些吉祥話一起出現。根據學者的統計，光是西周青銅器銘文就有至少三十例以上的「永命」，很明顯是廣受西周人喜愛的用詞。由於永命、眉壽、靈終都是在形容人的長命或好命，算是容易理解的，屬於反映西周人期望生命綿延不絕的吉祥話。

吉祥話的涵義

永命，最直接的理解就是長命，但也有比較偏離直覺的看法。《詩經》中那句經典的水果大戰詩句：「投我以木瓜，報之以瓊瑤。匪報也，永以為好也。」意思就是隔壁家的女孩（少年）喔，送給我好吃的木瓜（此處的木瓜是一種薔薇科的植物，不是現在我們吃的木瓜）。我想著白吃白喝也不好意思，拿起一塊美玉送給他。美玉比木瓜還值錢，但你不用找我錢，因為我想和你長久地做朋友，是我的一番心意！千萬別猜疑，絕對不是行賄關說，也不是在演什麼《血觀音》，不要去按地院的申告鈴。

永以為好，就是長久的交好。

從古文字的字形上看，大約可以看出「永」字像河水在蜿蜒行走的樣子，左邊岔出的就像河的支流。本來應是兼具長久與分岔兩種意思，只是朝左的成為永，朝右的變成支脈的「脈」字右邊偏旁，從此就分道揚鑣了。

命，最直接的理解就是生命。但事情沒有這麼簡單，因為西周時期命、令是同一個字義的不同寫法。這個也很容易理解，發布命令需要從口發聲，加口旁也是很合理，令加上口字邊，就成了命。「與你訂下契約的小櫻命你封印解除」跟「與你訂下契約的小櫻令你封印解除」，意思上並沒有什麼差別。

那麼問題來了，到底是命令還是生命呢？我們不妨回到實際的用例上看，如西周晚期的蔡姞簋（ㄍㄨㄟˇ）：「用祈匄（ㄍㄞˋ）眉壽、綽綰、永令、彌厥生、靈終，其萬年無疆。」我們可以看到在器主祈禱長壽、青春、終壽與好死當中，夾雜了一句永令，很顯然是一串祈求長壽的吉祥話，就不應該解釋成命令。當然，解釋成命令也有文獻上的支持，像《尚書．召誥》：「王其德之用，祈天永命」，意思就是王要好好做人，以此求取長久的天命。

綜合來說，這個詞語與萬年很像，但分歧的現象更加明顯，萬年隱含兩者兼備，永命則是有時候指求長壽，有時候求天命永佑。

吉祥話小故事

在西周時期，「命」用作「生命」義的例子較少，常見的還是命令。要解釋為什麼「永命」可以有長壽以外的意思，故事就要從最初說起。古早時代的小邦周，還躲在關中平原和各種異族一起玩著開心農場。同時期，遠處的東方不只是一條龍，還是一條巨大的惡龍——大邑商。

為什麼說商朝是邪惡的呢？從殷墟出土的婦好墓來看，其中擺放著許多人頭骨，都是被抓來殉葬的俘虜或奴隸。而在甲骨文中，也可以見到為舉辦大拜拜，將大批異民族抓來當犧牲。為什麼說它巨大呢？這個王國製作了非常多大型的青銅禮器，而青銅在當時是珍貴的資源，又被稱為「金」。從烹飪器具、戰車部件與銳利兵器等實用性需求，到祭祀禮器與陪葬用品等奢侈品取向，無不需要耗費大量的青銅。商王國有廣袤的控制區、便宜的勞動力、匯集遠方青銅的財力和鑄造的精妙技術，政體上有著養尊處優又驍勇善戰的宗親貴族，在遠方的小邦周看來，簡直是不可戰勝的巨人。

這和命令有什麼關係呢？是的，如歷史告訴我們的一樣，小邦周擊敗了大邑商，靠著夠狠、義氣、兄弟多，消滅了這籠罩在諸方國頭上的可怕陰影。夠狠、義氣、兄弟多這可不是隨便說說的。

先說義氣，廣泛地說，小邦周在道德上就勝人一籌。在周文王時期，虞國跟芮國因為土地問題吵架，兩國君主跑去找西伯周文王決斷，結果這兩人連文王的面都沒看到，就羞愧地逃回去了。難道是吃了慚愧棒棒糖？當然不是，傳說兩人踏進周國國界後，發現小邦周人人都講禮謙讓，兩國君主發現自己因為土地這樣雞毛蒜皮的小事吵架，實在太幼稚、太可笑，就趕緊回家，不再吵架。

再說說兄弟多，除了把周文王當成仲裁者的虞、芮兩國外，《尚書．牧誓》中記載周人的盟友有「庸、蜀、羌、髳、微、盧、彭、濮」八國，不止可以湊兩桌麻將，還可以組十二星座的聖鬥士團體呢！

最後說夠狠，我們對周文王的形象，一直是一個溫情脈脈的儒雅聖人，但他也有狠下心的一面。《詩經》中便有一首詩：「密人不恭，敢距大邦，侵阮徂共。王赫斯怒，爰整其旅。」周的鄰國密國做人做事不禮貌，膽敢抗拒大國的要求，還侵略了阮國與共國，周文王很生氣，召集軍隊就去痛毆不聽話的密國。由於文王、武王兩代的恩威並施，小邦周在諸國中擁有很高的地位，就像少年漫畫裡的經典結尾，主角要隊友把力量借給他，轟轟烈烈地消滅了強盛的大邑商。

這不可思議的巨大勝利，是靠著祖先的鬼神之力嗎？顯然不是，因為商王國比小邦周更懂得祭祀，規模也更大，商的占卜技術發展更是歷史悠久。如果要比「咻咻咻」魔杖飛來飛去的巫術大賽，商王國不太可能會輸給小邦周。於是在《尚書》中就出現了對滅商成功的解釋：「上天的命令」。但商人也拜上帝，祭品也很豐厚，小邦周不可能在這點上勝出。於是他們解釋是自己做人成功——也就是有「德」。「德」在這時由於與天命連結，多少帶著神祕的色彩與意涵，總的來說，就是講求做人處事之道。

周的國祚源於上天的授予，同理，個人與家族的命運，也不免要看看上天的臉色。因此在青銅器上常常看到作器者因某個功勞或榮譽，鑄造了青銅器，並在上面祈求上天能將長壽、天命都賞賜給他。回到永命上看，也就有了「長受天佑」的意思。當然，這和萬年一樣，既然要長久地承受天命護佑，載體的生命自然也要綿延漫長，這就使它兩義兼具了。

活學活用

永命

傳說中，某市市郊的站牌在每天凌晨四點四十四分的時候，都會有一班老舊的公車停靠在此。當地老一輩的居民都知道絕對不可以搭上這班車，對於這班車的由來總是諱莫如深。有一位外地來的年輕人，趕路錯過了宿頭，經過此處，見到公車，便招手急忙地想要上車，司機開了門，幽幽地問他：「你準備好了？」年輕人一頭霧水，困惑地說：「搭車還要什麼準備，零錢嗎？」逕自地上了車，司機見他如此勇敢，便說：「我年輕的時候很擔心這份開車的工作會保不住，便向天祈求，永遠保有這個工作。當時不知哪來的紙條，上面端端正正地用小篆寫著『永命』二字，我收了起來，握上了方向盤，沒想到一開就開到了今天，已經有八十七年沒下車了。年輕人，祝你永命，我終於可以休息了」。

同場加映

小邦周劇場

吉 祥

屯魯

一借八千里

穿越吧 4 吉祥話

吉祥話的原形

吉祥話的出處

西周時代「某魯」可是非常受歡迎的吉祥話，除了「屯魯」還有「永魯」、「豐魯」、「繁魯」、「宏魯」等等，這當然不是永遠的魯蛇、豐富繁盛的魯蛇或是宏大的魯蛇。

因為西周時代的「魯」可不像現在是「魯蛇」的代表，而是有著福氣的意思。如果從福氣的角度來思考，那「永魯」就是永遠的福氣、「豐魯」、「繁魯」表示豐富繁盛的福氣，「宏魯」當然是宏大的福氣。除此之外，還可以看到像是「魯多福」、「大魯福」之類的用法，反映出西周時代人們對美好、福氣的嚮往跟祈求。

吉祥話的涵義

這可能是古今涵義差距最大的一組吉祥話了，使用之前，一定要有承擔被誤解的準備，如果起了什麼爭議，本書是概不負責喔。

屯魯在《詩經》中寫作「純嘏（ㄍㄨˇ）」，在西周金文中寫成「屯魯」。屯字加糸旁，就成了純，是一組古今字。就像采詩之官的「采」，後來為了區別出摘擷擇取的意思，衍生出加了手字邊的「採」字。純、屯是一個在古早時代涵義比較豐富的詞彙，從全、多、厚、大，以至於純色、美善等比較抽象的意思都有，大抵來說都是正面取向的意思。像是《詩經》有「文王之德之純」，不是說文王吸了什麼很純的藥，而是說文王的德行至大、至厚、至美。

今天常用魯字的意思，多從「Loser」取音近而來，一開始本來是戲謔，孰料愈發流傳，衍生出第一人稱代詞「本魯」、動詞「脫魯」、形容詞「很魯」等詞彙，大有方興未艾之勢。但在先秦時期，魯反而是一個非常吉利的詞彙。在古音上魯與嘏音近，經常通用，嘏在文獻中就有吉祥福氣的意思，因此魯也就是福氣的意思。

屯魯（純魯）兩字結合在一起，就是大大的福氣，簡稱大福。但是，什麼是福氣呢？這看起來簡單，實際上並不容易釐清。《尚書・洪範》提出了五福的概念，「一曰壽，二曰富，三曰康寧，四曰攸好德，五曰考終命。」簡單地說就是要長壽、有錢、平安、德行完美、盡其天年而終，這似乎略微混淆了我們對於壽與福的觀念。一般我們對壽的理解是生命歷程的長短，而福是現世享受的多寡或者是機運的好壞。但籠統地說，能夠活到長壽，不也是一種幸運與賜福嗎？

吉祥話小故事

漢語是一個歷史悠久的語言，如果上網搜尋「上古漢語」與「詩經」，會發現有不少根據語言學家推測出來上古漢語所朗誦的《詩經》名篇。影片中那華麗的彈舌與複雜的發音，簡直比瓦干達更瓦干達，令人不禁想掐住孟子的脖子怒斥「你才南蠻鴃舌，你全家都南蠻鴃舌」！

不僅語音有著極大的變化，詞義也是。「屯魯」的「魯」也從原本讚美祝福的神壇上跌落，一變為粗魯愚鈍之意，又變為失敗魯蛇之稱。那麼，魯到底本來是什麼意思呢？清代的大學者阮元認為魯上面有條魚，魚是好吃的東西，自然就是極好的意思。不過這種取會意的說法，很容易變成看圖說故事的大亂鬥，你說魚在口中，我說魚在盤中，他說底下的口（後訛變成日）只是標明這是比較抽象的意思。諸如此類，怎麼說都可以在圖像上找到一點蛛絲馬跡。就像〈雅量〉這篇文章裡，同一件衣服被說像棋盤、綠豆糕等，總之不要超出當時的物質水平，怎樣都可以。也因此，若說成以魚為聲符，被古人借這個同音字去用作福氣的意思，就顯得比較省事簡易。

但是像這樣一直把字借來借去的，真的「大丈夫」嗎？當然是會有問題的。像是《詩經．豳風．七月》中的「八月剝棗」，照字面來看，就是到了八月，開始剝開棗子。這樣看起來似乎沒有問題，甚至宋代王安石也認為剝棗跟下文「穫稻」一樣，是釀酒所用，以此推進到後面一句「為此春酒」。

正如大家所知道的「坡為土之皮、波為水之皮」一樣，我們的王荊公一牽扯上這種漢語字詞的研究，通常都是搞笑收場。傳說王安石曾拜訪一處農家，但農家老翁不在。王安石問老翁去哪，他的家人回答：「去撲棗。」意思就是撲擊樹上的棗子，使棗子落地，差不多就像打芒果、打蓮霧一樣。王安石一聽，心裡無數隻草泥馬奔過，回家立刻把「剝開棗子」的說法給刪了。原來古書中的注解，早就說過這裡的「剝棗」是「擊棗」，是「攴」的假借，可王安石偏偏不信，要照字面解釋，結果是白費心思。

回頭來說，似乎也不能怪罪王安石，因為剝棗照字面上解，也未必不對，只能怪古人寫字不好好寫，要找個音近字來假借。這個作法在寫作當下是方便的，卻也給後人帶來許多困擾。

另一個例子是《左傳》裡的一句話：「鹿死不擇音」，這也是乍看之下沒什麼問題的一句話，但是一個假借，搞得歷來爭吵不休。這故事得從春秋時期兩個主導霸權體系的大國：晉國與楚國說起。他們不只打來打去，還常常搞小團體，時不時的找小弟開會，測試忠誠度，順便給對手看看自己兄弟很多不好惹。一開始大夥還算有點認真，經常拿小弟不來開會或是去對面家開會為由鬧事，動刀動槍。後來各國玩得心也累了，各自明白就是牌桌上誰強大家就聽誰，有些國家離天堂太遠，離某國太近，也不好責怪他怎麼背叛大家。

有次晉國開了個會，幾個小國抱團參加，唯獨鄭國使者不被晉國接見，場面一度十分尷尬。因為晉國認為鄭國是個牆頭草，晉強靠邊倒，楚強往南跑，根本不值得信任。於是鄭國大夫子家派人寫了封信給晉國，細數鄭國不離不棄的往事。信中說要不是鄭國帶頭緊緊抱住晉國的大腿，陳國、蔡國這兩個楚國鄰近的小國早就倒向楚國了，不知道晉國在氣什麼。鄭國委曲求全，心裡難過，但還是有話要說：如果晉國執意要這樣擺姿態，那只好來互相傷害！古人說：「鹿死不擇音」。如果晉國光明磊落，心胸開闊，小國自然心悅誠服；如果晉國翻臉無情，心胸狹窄，小國就會像那臨死的鹿一樣，走投無路，到時大家都不好看。

字面上看，意思是鹿臨死前不會挑選好聽的聲音，有如人被逼急，什麼難聽話都可以說出口。照理說完全不用假借，然而不幸的是，三國末年有個叫杜預的將軍，注解《左傳》時寫：「音，所休蔭之處，古字聲同，皆相假借。」因為杜預是注解《左傳》的大咖，很多辭典都照他的說法，把這看成和「純魯」一樣的借音字。並將其說成了鹿在臨死時不會挑樹蔭，猶如小國被逼急了，不管是華夏的腿還是夷狄的腿，抱緊就對了。

關於這個字是不是假借爭論了非常久，各在文獻裡與上下文意中都有一定的根據，在此先按下不表，有興趣的讀者可以查查這個經典的訓詁學案例。

在這裡要補充的是，「屯魯」的魯，被借作福氣的意思，即使當時有「福」這個字，當時人還是習慣用這個字來表示福氣。

◎史叀鼎銘文拓本（屯魯）

活學活用

屯魯

孔門男生宿舍裡，宰我、顏淵、子貢幫子路慶生。

子貢拿出了一個沉重的布包，說：「我想了很久，實在想不到要送你什麼，雖然有點俗氣，不如就折現，想買什麼自己買吧！」

宰我說：「我沒有什麼可以送你的，只能送你一句真心的祝福，祝你成為『純魯之人』。」

子路大怒：「你不知道我最大的夢想就是脫魯嗎？竟然還要我繼續魯下去。」

顏淵見狀，急忙緩頰道：「誤會呀，子路你可誤會了，純魯可是有大福氣的意思，上次老師明明就有講，你怎麼沒聽呢？」

看著子路情緒漸漸緩和，宰我這時搭著他的肩說：「兄弟，你的脫魯之志我已明白，剩下的我們私聊吧！」

同場加映

純魯

小邦周劇場

吉 祥

無數

永遠進行式

吉祥話的原形

吉祥話的出處

西周金文裡的「亡斁（音ㄨˊㄧˋ）」數量很少，僅見於毛公鼎、梁其鐘、師詢簋以及史牆盤等四件青銅器，其餘的部分多在傳世文獻裡。這四件青銅器之中，只有史牆盤的年代屬於西周中期，其他都是西周晚期，雖然例子不很多，但是「亡斁」大概是西周晚期比較流行的說法。

「亡斁」在古典文獻之中以「無斁」的

◎毛公鼎（臺北故宮博物院藏）

面貌示人，出現在《尚書》、《詩經》、《禮記》等書，像是「我惟無斁」、「思無斁」、「戎車孔博，徒御無斁」或者是「不顯不承，無斁於人斯」等等，都是古代用來稱頌的習慣用語。

◎毛公鼎內的銘文

吉祥話的涵義

「亡斁」一詞，兩個字都有點來頭。亡是「無」的本字，在《詩經》、《禮記》等古代文獻寫成「無斁」。在西周金文用的是古字「亡」，消亡就是失去、沒有的意思，後來借取聲音相近的跳舞的「舞」字（原本寫成無），跳舞的舞字只好在底下加上兩隻腳——「舛」做為區別。至此，死亡、滅亡用「亡」，表示沒有用「無」，跳舞則用「舞」。

斁寫作「睪」，後來加上「攴（ㄆㄨ）」旁表示某種動作，意思是休止、終止。《說文解字》說：「斁，猒（ㄧㄢˋ）也。一曰終也。」斁的意思就是厭倦、懈怠、休息或是休止的意思。組合在一起，就是永不休止，沒有什麼一例一休，天天都要工作，和無疆、萬年之類的意思是差不多的。

也許有讀者看到「睪」字，想到的是男人身上某個部位，一邊讀著一邊心裡念的是「斁（意）」字卻寫作「睪（高）」。音差了這麼多，總覺得特別彆扭，不是說好了有邊念邊，沒邊念中間嗎？

這個問題發生在秦、漢之際，一切都是因為古人寫錯字的關係。睪在古代韻書中，就兩個音，一個念「意」，一個念「澤」，這兩個音對古人來說其實只有一些些差別，韻母都是發ㄚ的音，跟「厭」字相似，只是厭字多了一個入聲韻尾而已。簡單來說，睪、澤、厭這幾個音，在中國上古時期聽起來都是差不多的，既然差不多，偶爾借用一下不會很過分吧。

但是，從秦代開始，有些人因為睪和皋（念作高）看起來很像而寫混了，從而使得睪這個字念成了「皋」，再也回不去了，獨留下一堆聲符用睪的字，像譯、繹、澤、驛等字都不念高，連念做凹的一個都沒有。

此外，亡斁除了無休止外，也有不失敗的意思，意義上有所關聯，天命的休止也可說是王朝的衰敗，因此兩個意思並不衝突，也非毫無關係。

吉祥話小故事

亡斁是比較少用到的吉祥話，這可能與它的性質和意近於緜延不斷的吉祥話相同有關。它在西周金文中的例子很少，文獻上較多使用在其他方面，像瘋狂工作從不休假或是被厭倦拋棄之類的意思。只有在西周晚期的梁其鐘上才有一例「降余大魯福亡斁」，意思就是賜給我大大的福氣，不要停。在西周金文則多用在說明天命或是上帝的眷顧不止，如毛公鼎。

毛公鼎銘文裡是這樣用的：「肆皇帝亡斁，臨保我有周。」意思是皇天上帝永不休止，看顧保佑我小邦周。認識毛公鼎的人不少，不過知道毛公鼎的價值者，恐怕就不是那麼多了。

除了毛公鼎的體積巨大外，就器物的外形與品質來說，毛公鼎都不是青銅器中的上乘之作。更因為其鑄造的粗糙，器壁上因澆鑄技術的失誤，產生大量氣泡，而被西方學者質疑並非真器。現今真偽爭議已平，毛公鼎仍是公認的西周晚期真品，可由於起了爭議，被動用了許多科技儀器掃描，因此發現它的鑄造確實有很多毛病。毛公鼎內大小氣孔與熔渣等缺陷，幾乎布滿全器，可說是滿臉豆花，非常淒慘。

這件滿臉豆花的大胖子能被收藏在故宮裡，並成為鎮館之寶，想必有它其他的長處。首先，就是字多，全文五百字有找，只要四九九字。像毛公鼎這樣長篇的銘文，在西周金文中是特別少見的。其次，這件器不僅體積巨大，銘文內容也涉及一位名門重臣。

銘文的內容主要是周天子對毛公的擢升、獎勵和訓勉。天子說了祖先文王、武王好棒棒，開啟了黃金時代，傳到他這代，已顯敗象，內外交迫，實在力不從心。那怎麼辦呢?很簡單，自己不會不要裝會，找會做事的毛公來處理就好啦！

周天子把國家內外大小政事都交給毛公，目標就是保住天子的王位，並且出謀劃策，不可以藏私留手。政治權力上，政府內外政令公布，必須經由毛公看過之後，方可執行。政府制度上，天子將西周政府兩大政務單位：卿事寮（行政）、太史寮（祭祀、文書）以及王室宗親、禁軍、將領與執行官等悉數交給毛公管理。從目前所見的西周金文來看，這幾乎囊括了所有見過的西周政府官位，簡言之，天子已經可說是放假去了，把整個國家機器都交到了毛公手上。

而在銘文中除了交託權力外，尚有一部分是告誡毛公當如何行事，如不可以欺侮鰥寡等弱勢之人，不可沉迷飲酒，不可偷懶懈怠。更要時常念著周王的權威不是銅鑄鐵打，萬世不易，要是官員常常講幹話、做錯事，外界都會批評天子，天子民調低落，江山就完蛋啦。

雖然歷代周天子都希望上天能長保國家亡斁，民調不要探底，可最後還是被歷史的車輪無情的碾過去。古書上說是褒姒與幽王要背鍋，現在已經了解西周的滅亡未必是美人的錯，更可能是政府體制的崩潰與衰落，但那又是另一個故事囉。

活學活用

無斁

大家都知道臺灣公司行號都會在電腦上面放「乖乖」，主要是希望重要的科技設備能夠穩定的運作，不要出問題。用「乖乖」雖然非常好，但有個缺點就是——它有時效性，聽說「乖乖」過了一陣子就會失去效用，必須經常更換。在這裡教導大家一個方法，就是在「乖乖」上面貼「無斁」兩個字，這樣它就能永無止盡的發揮效用，大家也不必經常更換乖乖了，是不是一個很好的方法呀！

備注：以上純屬建議，如無效用，小邦周概不負責。

同場加映

小邦周劇場

吉 祥

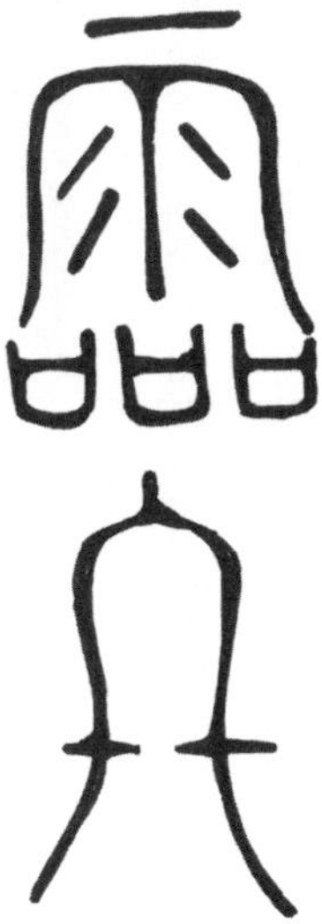

靈終

勇奪全身獎

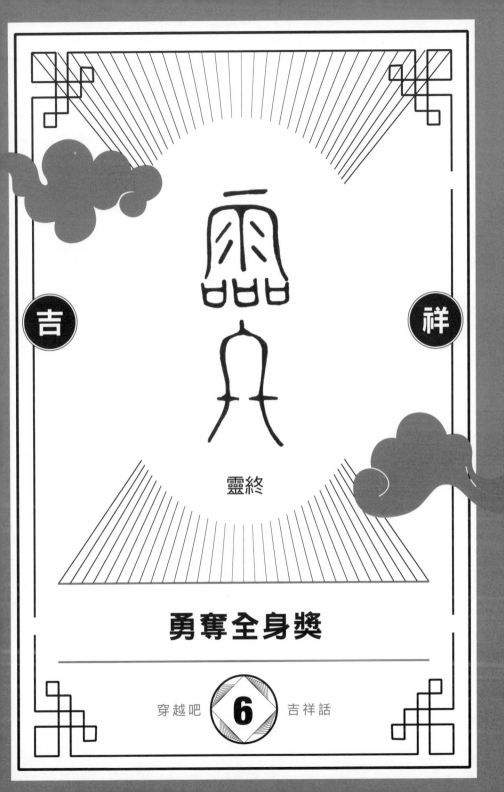

吉祥話的原形

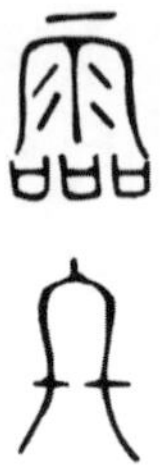

吉祥話的出處

「靈終」一詞最早出現在西周中期的青銅器，像是追簋、遺盉。到了西周晚期，靈終變得十分流行，小克鼎、頌壺、不其簋這些著名的銘文之中，都可以見到它的蹤跡。「靈終」往往被寫成「霝冬」，是西周人用來祈求可以活得舒服、活得自在，無災無難過一生的吉祥話。「靈終」還常常跟眉壽、永命這一類祈求長壽的吉祥話擺在一起，不難想像，當時的人們顯然希望不只活得長，還要活得好，最好是在無病無痛，沒有意外的情況下壽終正寢。

春秋以後還有一些青銅器也還繼續使用這句吉祥話，像是黃國國君製作的黃子鬲就有「靈終靈後」的句子，但是春秋中期以後就幾乎看不到「靈終」的出現。這不僅顯示當時人們對生命的祈求有了不同想法，也說明「靈終」幾乎可以代表西周人對生命的盼望，可說是經典的西周style吉祥話。

吉祥話的涵義

靈終，古文字裡寫成霝冬。過去對「霝」字的理解，多數都從古書上的注解來的，意思是「善」或「好」的意思。至於為什麼雨加三個口會是善或好的意思，還沒有一個定論，但將這個意思套回去解釋，並沒有什麼問題，古書上的注解也就為大家所接受了。

「」，冬的古字寫成分叉向下的兩個帶球垂條，有些人說看起來

像植物結果，所以有終末之意，但也有些人說看起來像紡絲工具，借個音近的關係而有了終結與冬天的意思。

這個字從甲骨文的時代就是只見到用作「終止」之意，到了西周金文亦然，終止這個意思比較抽象，恐怕並非這個字的本義。但本義是什麼？因為很早已經是「終」的意思，就算看圖生出一百個故事，也未必可以在實際語言用法上找到確證，因此實在是不好說。

「霝」是善，「冬」是終，合起來的意思就是善終。雖然現在用這個吉祥話祝福人，總覺得怪怪的，但讓我們看得實際點，事情也許就會不同。以現代醫學的進步，使人不死而得享高壽，並非絕無可能。可要如何走得安祥、寧靜、有尊嚴，恐怕不簡單，這也無怪乎現代會有安樂死的議題。善終，即好死，無意外，無病痛，得享天年，安穩離去，這豈不是一件值得祈求的事嗎？

吉祥話小故事

相較於現今這個承平時代，古代人有更多生死危機的時刻，杜甫有首詩是這樣說的：「九州道路無豺虎，遠行不勞吉日出。」除那些來自野獸的殺機外，也得提防盜匪、戰爭等危機。因此，在古代想要活到終壽，並非易事，靈終這句吉祥話，所求也正是在此。

依「靈終」即善終的思維，祈求的是不夭折、不橫死以及不戰死，但以現代人的想法，社會與國家理應褒揚為國捐軀的英烈，可是在古代，這似乎是不被贊同的事情。此話怎麼說呢？

在《周禮》記述了有種官叫冢人，就是殯葬管理員，依照死者生前的等級劃分墓地，各循其理。不過，有種人例外：「凡死於兵者，不入兆域。」死於兵者，就是為兵器所殺之人，有可能是死於凶殺，也可能死於戰爭。而兆域指的是家族公墓，就像總統蔡英文的家族有自己的墓園，凡族人過世，均葬於此。如無意外，應該是一家子整整齊齊，死後也朝夕相伴，但若是戰死或死於凶殺，則不能葬於族墓，必須另葬。這裡說得比較簡單，可以容許一些不同的解讀，如只算凶死，不算戰死。或是另葬他處，依然有死後哀榮的可能。

東漢時，注解《周禮》的鄭玄就把話說得很絕了，他說：「戰敗無勇，投諸塋外以罰之。」一下就把兵死說成戰敗而死，為國捐軀輸了應該也是很光榮啊，還要被嘴「無勇」，太令人傻眼了。

有些學者認為，這是誤解，古人怎麼會去侮辱戰死的英雄呢？肯定是鄭玄搞錯了，先秦古史裡也有一些戰死者的遺孤受到國家撫恤的案例，可見古人不是瞧不起戰死之人的。但也有人認為鄭玄說這些戰死的英靈無勇太過，不能入葬墓園也並非毫無道理。

《淮南子．說林訓》：「戰兵死之鬼憎神巫」，高誘的注這麼說：「兵死之鬼，善行病人，巫能祝劾殺之」。簡單說就是戰死的鬼魂厲氣太重，易使人生病，甚至要出動巫師來處理這些厲鬼。這些人雖然是為國捐軀，輕則遺體被兵器砍傷，死狀悽慘，重則斷頭折肢，更是可怖。這樣的屍體，被人視為極為不祥之物，也並非不能理解。

還是覺得這樣的觀念不能理解？那換個平易近人的例子。《論語》裡記載曾子病重時，把學生叫來病床前，對他們說：「掀開我的小被被，看看我的手，看看我的腳。」為什麼曾子沒事要叫學生看他的手跟腳呢？難道他很自戀？其實他是擔心由父母贈予的寶貴身體受傷，如果沒有，死後也就無所愧疚了。某方面來說，曾子也是挺得意的，好像得全勤獎一樣得了（保）全身（體）獎，不僅教育學生孝道，還秀了保養完整的身體。

另外就是有名的「身體髮膚，受之父母，不敢毀傷，孝之始也。」（《孝經》），這講的也是類似的道理——保全身體。如果在戰場上被殺害，身體受了毀傷，可能會化為厲鬼作祟，也可能因為無法保住珍貴身軀，失了孝道，傷了祖先的心，所以不能葬入祖墳。

這個習俗與觀念一直到隋帝國建立才有所改變，隋文帝因對戰死者不能入葬祖墳不滿，因此下詔廢止。他認為不給英魂入葬祖墳，在忠、孝兩方面都說不通，所以之後戰死的英魂都該葬回祖墳。

今日保全身體的觀念雖然已不像古代那麼極端，但盡可能地保護身體，求個安穩壽終——「靈終」這個觀念，可說仍普遍存在於今日呢！

活學活用

靈終

傳說在某高中校舍嚴禁學生留校到九點，原因極為隱密。聽說只要有學生晚於這個時間點還在學校，就會看到窗外有墜落的人影，見者往往驚嚇過度，無法上學。直到有一天，一位通靈少女轉學來到此地，她在宿舍頂樓看到一抹悲泣少女的身影，原來是多年前在此地因霸凌自殺的學姊，因非善終，無法解脫，日日在此重複死前痛苦的一刻。通靈少女憐憫她的際遇，特地給了一張紙條，並對她說了幾句話，此時天空射下一道白光，滿天神佛，金童玉女，俱來接引，在學姊最後的道謝聲中，紙條緩緩落地，上面寫著：「靈終」。

同場加映

靈終

小邦周劇場

吉 祥

多福

多福

後來居上

吉祥話的原形

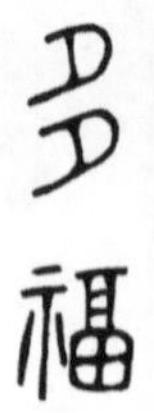

吉祥話的出處

多福流行於西周中晚期，約莫在周恭王以後，沿用到春秋時代。這個吉祥話有比較明顯的樂器傾向特色，頻繁地出現在青銅鐘、鎛（ㄅㄛˊ）上，此特色也可以在《詩經》上尋得一點蹤跡。《詩·小雅·天保》：「神之弔矣、詒爾多福」；《詩·大雅·文王》：「永言配命、自求多福」；《詩·大雅·大明》：「昭事上帝、聿懷多福」與《詩·周頌·載見》：「烈文辟公、綏以多福」。《詩經》是當時可以吟誦詠唱的歌謠，而青銅鐘作為樂器，亦有與其相應的地方。由於收錄在《詩經》裡，這個詞彙脫離了青銅器銘文的限制，強健地生存到了現代。

◎春秋，蟠虺紋鎛（臺北故宮博物院藏）。鎛是一種形制接近於鐘的樂器，不像鐘口呈弧狀，為平口。

吉祥話的涵義

多福，一如字面所示，不用再多作解釋。有些時候會和其他字結合，像「魯多福」、「大魯福」、「厚多福」、「百福」、「無疆福」等變化形，魯就是福氣的意思，厚、無疆、百也有多或多到數不盡的意思。

多，這個字的造字本義還不能完全肯定。東漢許慎所寫的《說文解字》認為是兩個「夕」字相疊，表示多的意思。但是兩個「夕」字相疊不是什麼現實上可以見聞的事物，用抽象來比喻抽象，可說是離標準答案非常遠了。因此也有人認為這不是「夕」，而是「肉」，兩塊肉就像牛排店有牛排加豬排、牛排加雞排之類的雙拼排餐一樣，多一塊肉，表示多的意思。

「福」字，本來是寫成像一個酒罈樣子的「畐」字（音ㄈㄨˊ），沒有「示」邊。因為長期被借用作福氣、福分，怕讀者混淆，把「福氣」看成了「酒氣」，就加上了形符「示」來和酒罈「畐」區別開來。《說文解字》說：「福，祐也。从示畐聲。」就已經是個帶音的形聲字了。

吉祥話小故事

多福看起來很簡單，就算是現代，這也是個一望可知的吉祥話。然而，事情並沒有那麼簡單喔！福、祿、壽，是後世人們普遍所求的三件事，壽是長壽，祿通常是指錢與權，那麼福呢？《說文解字》：「福，祐也。」祐又是什麼意思呢？《說文解字》：「助也。」福，是受到幫助的意思，除了受人幫助外，就是天公伯來相助，事事好運、如意、順心。

長壽、祿位與好運，看起來是並列的，但以潮流發展來說，是長壽占據主流位置，福祿類的吉祥話，相對較少，流行時代也開始得晚。有學者整理這些吉祥話在西周的流行排行榜如何分布，並認為西周開國之初，銅器上面寫的吉祥話，主要是消極的求福，只敢說鑄了一個銅器獻給祖先，不敢多要求什麼。中後期以後，求福的吉祥話如雨後春筍般冒了出來，修飾福氣的詞彙也越來越誇張，不僅要多、要大、更要無疆。

相對於此，更早的商代晚期，甲骨文上表現的就完全不一樣啦。商朝人對於天神與祖先的想法是充滿畏懼的，向上天所求不過降雨、豐年諸事，鮮見有求取商王福壽等個人好處的話語。天地諸神以及祖先魂靈對他們來說，是兇悍嚴厲的，施展神力「降」的是暴雨、洪水、牙痛、頭痛、肚子痛，與《詩經．周頌．執競》：「降福簡簡。」（簡就是盛大的意思）可說是大異其趣。

人有多大膽，吉祥話就有多大產，這也許起源於周人創發的「天命」觀，強調君主最好要好好做人做事，天命自然就能保得住。但若君主失德，好酒好色又殘暴無禮，整天惡鬥爆粗口，上天就會把天命收回去，換人做看看。換句話說，個人的打拚努力，是有意義的，而且比殺一百頭豬公都有用的多。嗯？不相信？甲骨文裡商王常常殺豬殺羊大拜拜，最後依然亡國了，可見拜拜不是百試百靈的。臺南城隍廟有副意思相似的對聯：

「作事奸邪盡汝燒香無益，居心正直見我不拜何妨。」這表現出人可以修德來掌握自己的命運，而非祈求鬼神的憐憫。

話說回頭，周人的吉祥話越來越敢於索取，在周朝初年的周公，就已經為大家示範過一次了。當周武王打敗商朝後，沒多久就病倒了，病得很重，弟弟周公深感憂慮，就做了場法事，跟上天討價還價。

我們的通靈中年周公，他先把幾件漂亮的玉器擺在祭壇上，開始跟祖先神靈溝通：

「阿爸，阿公，各位列祖列宗大家好！今天你們想帶你們的子孫周武王阿發去天堂，小弟我不同意啦！因為小弟我比哥哥要多才多藝，會街舞嘻哈泡茶兼插花，帶我去那個沒有痛苦的地方，大家會比較開心，不要帶我哥好嗎？發哥他比較會做事，又會照顧百姓，他繼續做王，我大周朝也能長久維持下去，子子孫孫才會繼續給你們拜拜啊！如果你們答應我，我就把這些漂亮的玉器獻給你們，不答應，我就把這些玉器都藏起來，不給你們喔！」經過通靈周公一番令人傻眼的討價還價後，周武王的病竟然隔天就好了。

這故事記載於《尚書．金縢》中，幸好周公是個好人，不然這種跟神明談判的行徑，精神上跟賭徒求神明保祐，慘輸後回頭燒神像的行為似乎差不多呢。由於當時的人們開始意識到個體的行善是有作用的，天也不再是那個動不動就氣噗噗、陰晴不定又難搞的東西了，只要自認持身正直，人們就敢於在吉祥話裡求取各種無形的好處。

又，隨著周王朝建立了一套封建制度，貴族希望在這個政府系統中獲得周王的獎勵、封賞甚至晉升攬權，現世中的榮華不再那樣觸不可及，祈禱福、祿的相關吉祥話，也就漸漸興盛起來。到了春秋時期，周朝中央政府的體系崩解，吉祥話的潮流就更朝著現世個人的利益急速前進了。

活學活用

多福

深夜，一間偏僻但傳聞極為靈驗的小廟裡，閃過一抹人影。此時開放時間已過，廟門深鎖，人影極其熟練的翻過一道矮牆，撬開一扇不起眼的窗戶，翻身鑽了進去。

廟裡燭火閃爍，小偷正拿著沾有黏膠的鐵鉤，將香油錢一張張勾出。他腰間鼓鼓的小包，說明了這趟收穫頗豐。很快地，小偷身上再也裝不下任何一張鈔票了，他心下感嘆，這廟的神明一定很靈，否則香油錢絕不會如此之多。於是小偷便裝模作樣地從腰包拿出一疊偷來的鈔票，投入香油錢箱裡，向神明祝禱，祈求賊星高照，命途多福。又從籤筒裡抽出一張籤，正欲細看時，門外犬吠大作，只看到下端有多福二字，便以為神明相助，迅速地翻牆逃出，不留一絲痕跡。

然而當他要循路而返時，卻發現怎麼也走不出去，來時的山路竟像有數十公里長一樣，好似永遠也走不出去……

「少年仔，你怎麼在這裡睡覺啦！太誇張了吧！」一群登山老人搖醒了小偷。

小偷驟然驚醒，發覺四周天已大亮，蟬鳴鳥叫。

「你們年輕人真的很奇怪……」

「沒事到山上拔一堆樹葉塞包包裡做啥？」

「還睡在路邊？」

「沒事的話快回家吧！」

小偷將腰包翻至身前，包內樹葉片片炸出，翻飛在地，還有一張看起來被燒掉的殘紙，上面赫然寫著：

「自求多福」。

同場加映

小邦周劇場

吉 祥

通祿

古代小確幸

吉祥話的原形

吉祥話的出處

「通祿」一詞始見於西周中期青銅器，銘文上往往寫成「通彔」，盛行於西周晚期，出現在頌鼎、逑鼎等著名青銅器上。然而不幸的是，這個詞彙隨著西周的滅亡而退出了舞臺，永遠地封存在青綠色的鏽跡裡。

◎西周晚期，頌鼎。（臺北故宮博物院藏）

吉祥話的涵義

「通」有通達、發達的意思。唐朝王維有「君問窮通理，漁歌入浦深」，其中「通」就是發達之意。「通祿」兩字合起來，就是升官發達。

吉祥話小故事

求取利祿，實在是再平凡不過的要求了，有什麼好說的呢？其實這其中也有一段漫長的故事呢！

按照年資或功勞升遷，看似簡單，但在西周時期並非如此。當在關中的政府消滅東方殘餘的殷商勢力後，大開家族企業分公司，將自己的族人姻親都送去河北、河南、山東、安徽、湖北等地開分號。經過周成王、昭王、穆王三代的經營，政局日穩，卻也面臨新的問題。越來越多的貴族繁衍，吃穿用度都需要穩定的供應，生產、監管、販賣等事務都要朝廷派員處理。隨著控制地方的力量強化，一些重點區域也要派員防守，並在該地設置行政機構。在周穆王以後新增了許多新事務，政府職能也逐漸擴張。

這種擴張必然衝擊到原本父死子繼，階級分明的貴族世界。原先的狀況是這樣的，負責宮廷保全業務的父親死後，周天子會重新任命他的兒子做宮廷保全，父子之間的經驗傳承，至今都是一種招牌。不然，路邊也不會有一堆「三代醫學世家」或是兩代都做地政士之類的宣傳口號了。現在我們常常會批評「政二代」、「政三代」，在西周早期，那可是天經地義的事！如果兒子不做，上哪去找熟悉業務的即戰力呢？

在西周金文中，很常見到這種「賡乃祖考」的套語，賡（ㄍㄥ）就是國軍最愛講的「賡續」，「乃」就是你的，「祖考」就是父祖輩。意思就是承繼你父祖（的業務）。老爸做參四，兒子就跟著做參四，基本跑不掉。西周有個叫「虎」的貴族，周王就這樣冊命他（以下白話翻譯）：

「在過去你的祖先服事先王，管理近衛軍，而今天我命令你承繼祖先的工作，並協助師戲管理馬政。你要給我好好做事啊」！

武職如此，文職亦然。

在殷商滅亡時，有一些文史工作者見情勢不妙，倒戈卸甲，以禮來降，臣服於小邦周。這些文史工作者就是微氏家族，他們跳槽後，因為文史工作的專業，仍被西周政府叫去做文史工作。早期官職名字比較直白，叫「作冊」，也就是製作書冊之意，後來改稱「史」，字形上來說，也是執筆書寫之意。很幸運地，這家族剛好將他們的銅器全埋在一處地窖裡，經過兩千年珍藏，於一九七六年出土，這裡面就有作冊折、作冊豐、史墻祖孫三代的銅器，從他們的官名來看，那不就是三代都做宮廷御用文史工作者嗎？

簡單說，對一個西周貴族來說，如果你是正妻所生的長子，恭喜你，可以躺著當政N代了。不過，如前面所提到的，隨著政府職能的擴張，許許多多的職位被創造出來，打開官位階層流通的空間。像西周中期有個叫「免」的貴族，一生經歷過三個官位：協助周師司林、司土並管理鄭地的森林、作司工。其中有地方職，有副手職，也有自己當小主管的職務，整體來說都是做些遠離城市的工作。

也有一些人立有戰功，獲得調任或升任的機會，像西周厲王、宣王時代的「逑」，就是一個經典的例子。當時周天子曾派一個高級貴族「長父」（父相當於男子美稱的甫）去做楊這塊土地的諸侯，說好聽是當諸侯，講難聽就是戍守邊疆。逑哥那時本是林業局首長的助手，被派去當長父的助手。長父一到任，邊境的異民族就開始鬧事了，一支在《詩經》中經常出現的異族「玁狁」四處滋事。於是逑哥怒提刀槍，跨上戰車，威風凜凜，大破玁狁。周天子很開心，賞了他很多東西，並在銘文中稱讚他：「汝不畏戎，汝夾長父，以追搏戎，乃即宕伐于弓谷……汝敏于戎工，弗逆朕新命。」意思是說：「你一身是膽，無懼於敵，輔佐長父，追擊敵人，在弓谷大戰……你真能打，朕的命令你都完成了。」隔了一年，就將逑哥從原本林業局首長的助手調去做某地的行政主管了。（涉及文字訓詁問題，也有學者認為是調去做司法部門的主管。）

總而言之，在西周中期以後升官發達並非不可能，逑哥自己在銘文中也祈求「通祿永命」，因為他的努力，升官的心願也達成了，聽起來是不是有點小勵志呢？

然而，所謂升官的空間，其實也很有限，朝廷的核心小組，大抵還是在虢、榮、毛等幾個世家大族的小圈圈中組成。西周早期有班簋，記載毛公率領各諸侯討伐反叛的東方國家，晚期更有權傾一時的毛公。除了周公旦的六支子孫外，還有周文王的兩個弟弟虢仲、虢叔，虢氏一族雖然自有封國，但西周銅器上也常看到他們出入朝廷，並且位居核心地位的身影。反觀上面那些升遷紀錄，很少有升到像毛公那樣總攝朝廷一切事務的地位，也很少有中央政府級的高官。在當時，出身決定一切，即使有升遷的機會，但終究只是一點小確幸，只能等到再晚一點的朝代，才能讓通祿這種小確幸，變成真正的幸福！

活學活用

通祿

酒店大廳內，觥籌交錯，玻璃杯敲擊的聲音與人聲在西裝與軍服間此起彼落，場面莊重而熱鬧。在隨扈的安排下，賓客自動讓開了一條通路，讓總統走上臺發言致詞。年邁但精神很好的總統細數了這場宴會的主角——五星上將的種種功勞，語至激動處，甚至數度哽咽。總統隨即話鋒一轉，向賓客宣布：榮升上將為行政院長，致贈了「多福通祿」的大匾額給上將。上將老淚縱橫，不想戎馬一生，還能出將入相，感激地看著眼前的老長官，宣誓將恪盡職守，不負所託。

總統客套寒暄一番後，便藉口尚須接待邦交國大使離開。在夜色中，身兼司機的總統心腹說道：「待會招待會上要給大使表演一齣傳統戲劇，請示總統該選哪齣劇目呢？」

「杯酒釋兵權。」

多福通祿

同場加映

小邦周劇場

吉 祥

繁聲

聲聲不息

吉祥話的原形

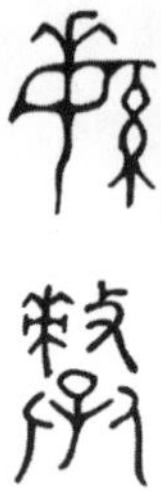

吉祥話的出處

「繁釐」見於西周晚期的叔向父禹簋，流行的時間很短，出現的次數也極少。然而叔向父禹簋這件青銅器並不簡單，它的作器者「禹」，不是傳說中夏朝開國的聖王大禹，只是西周晚期一個大臣……的家臣。一介陪臣有什麼好說嘴的呢？這得從禹的另一件青銅器「禹鼎」說起。禹鼎記載禹的上司「武公」接受到周天子的命令，隨即轉發包給家臣禹去處理。什麼命令呢？這聽起來有點殘酷，故事是這樣的。

周天子最信任的南方諸侯「鄂國」勾結南淮夷、東夷，掀起鋪天蓋地的大叛亂，使得周王國的東方與南方皆被戰火侵襲。天子對這件事極為看重，竟說出：「嗚呼！哀哉！天降大喪於下國！」意思就是「悲劇了！上天給人間降下了大災難啦！」堂堂周天子當然不會坐以待斃，他命令大臣「武公」進攻鄂侯，務必要翦滅敵人，「勿遺壽幼」！勿遺壽幼，就是不分老幼，悉數屠殺，一個不留。武公派「禹」帶著武公的私人軍隊先上，又重複了一次「勿遺壽幼」此一指令。

「禹」帶著武公的私人部隊，順利地消滅了鄂國，並且活捉了鄂侯。因此功績，受到了武公的褒獎，做了禹鼎以為紀念。這是一件西周晚期的青銅器，「禹」的上司武公，手下能打的弟兄很多，除

◎禹鼎

了「禹」蕩平了東南鄂侯之亂外，還有勇將「多友」反擊西北玁狁入侵。隨著底層能人越來越多，過往以血緣為主的封建階級也逐漸鬆動，終於在周幽王時，那場驚天的末世毀滅，開啟了往後五百年「不拘一格降人材」的全新時代。像禹這樣的「陪臣」之人，也終於能一路往上爬，執國之大命了。

吉祥話的涵義

《說文解字》：「釐，家福也」，緐就是多，釐就是福。在較晚的青銅器銘文裡，「緐釐」變化成了「多釐」，意思都是一樣的。「緐釐」看起來很古奧，其實也就是多福，包裝個又酷炫又深奧的詞語，實在是機智，還不趕快學起來裝一波高深古雅，讓人稱讚你學富五車？

吉祥話小故事

「釐」，現在我們用來表示公釐，但在古代是用來表示獲得福氣之類的意思。字形上原本寫作「孷」：左邊的「未」，本來是寫「來」的，表示麥子的形狀，右邊的「攵」是收穫的手勢。到了西周，大概有人看這個字不會發音，就加上「里」聲符來標音。但是到了東漢《說文解字》時，反過來說：「从里，孷聲。」

在原本象形、指事與會意字加上聲符的現象在漢字中屢見不鮮，畢竟有邊讀邊，沒邊念中間是識字的共同心理。由於易於辨識、學習等好處，形聲字從甲骨文開始萌芽，西周金文時更為蓬勃，最後更發展到現在讀者也許聽說過的「漢字九成以上都是形聲字」的鼎盛局面。「藉由聲符提示讀者發音，再由形符讓讀者從一大堆同音字中區隔出不同意思的字。」因為這種方式頗為方便，易於造字，所以使用甚繁。像「非」可以用形符「戶」限定出表門戶的「扉」，用形符「糸」限定出表顏色的「緋」，用形符「魚」限定出一種魚類「鯡」。

再者，像「釐」字一樣誕生時是會意字，長大後被加「里」字改造的形聲字，還有「裘」字。「裘」一開始寫成「」，類似衣服長毛的樣子，象毛皮大衣之形，到了西周金文，又在大衣裡面加個「求」字，用作標音。此外，常被引發誤會的「鳳」字也是這類形聲字的典型例子。有種流傳已久的說法是，鳳是「凡鳥」的意思，源自於《世說新語．簡傲》的一則小故事。故事中呂安善用「鳳」字可拆成凡鳥二字來譏諷嵇喜。這當然不是「鳳」的意思。《說文解字》便說過這是以鳥為形符，凡為聲符的形聲字。甲骨文的「鳳」字還保留了沒有加聲符「凡」的形體，是一隻有很多分叉尾羽的鳥形，如「」。到了西周金文，開始加上了「凡」，但不像現在這樣整個罩住鳥形，而是加在鳥的右邊，如「」。到了戰國以後以及小篆才將「凡」從右邊移到了上面並

罩住整隻鳥。

還有一些形聲字很特別，像從小學就學過的「正」字。可能許多人會疑惑，「正」字怎麼可能是形聲字，是不是給我騙？這個字之所以說它是形聲，也得等到甲骨文出現才行。甲骨文的「正」，本來的意思是「征」，這個道理其實也很簡單，端正、正當、正義之類的意思是比較抽象的，而出征打仗的意思是比較具體的。一般來說，在現實中容易用具體物象表達的，比較好造字，而抽象的往往較晚，不是借音近的字，就是借了音近的字當聲符分化出新的字。

「正」字在甲骨文中寫成「」，上面的「」是「丁」的古文字寫法，而「丁」就是「正」的聲符。為什麼呢？這個牽涉到語音的演變，ㄓ這個聲母源自於ㄉ。舉個例子來說：「都」、「堵」、「諸」、「著」、「箸」這些字都是以「者」為聲符，但現在念起來聲母有「ㄓ」也有「ㄉ」。底下的「止」是「趾」的意思，象徵行走。用「丁」這個聲符標音，「止」這個形符限定意義，組成了「正」（即征）這個字。

「丁」這個字當時除了空心的形體外，也有寫成實心的「」，又因為實心的「」每次都要填黑很麻煩，後來就直接壓扁，越壓越扁的結果就是變成了一筆橫劃，再也看不出「正」是一個形聲字。

還有極為常見但一般人都誤解的形聲字：「旦」。好的，相信小時候大家的國文老師都會說這個字是指事字，日是太陽，一是地平線，像太陽從地平線升起的樣子。在甲骨文出現前這個想法看起來是沒問題的，但在甲骨文出來後，又被打臉了。怎麼說呢？一樣又是「丁」字惹的禍，在甲骨文裡，「旦」下面的「一」，是寫成「」的，和「正」字的狀況相同，將聲符「丁」壓扁拉長，寫成了「一」。

有加聲符的，也有聲符變形的，還有加了又加的，在西周金文中曾經出現過一個怪字「」，其實就是「福」字，只是把「示」加在下面，還在兩邊各加了一個相背的人，兩個相背的人合起來就是「北」。這是一個有趣的特例，可能當時有些人並不熟悉「福」的發音，在原有「福」字上加了「北」作為聲符。上古時期的漢語並沒有現在「ㄈ」這個音，像

「父」與「爸」，意思相同，只是後者加了「巴」來標音，而一個現在聲母是ㄈ，一個聲母是ㄅ，這是語音分化所導致的。可問題來了，「福」當中的「畐」本身就是聲符，「示」是用來限定意義的形符，可以讓人這樣加了又加，加了又加的嗎？這個字是一個稀有的特例，畢竟「福」這個字並不罕見，很難想像有人不會念，硬要加聲符反而造成增加無意義的筆畫，因此很快就消失在漢字的歷史長河裡了。

形聲字是當今漢字的主體，所以漢字都是象形文字的說法，完全是不可靠的，因為要理解形聲字，還是得懂漢語中某個發音等於某個意思。也因為漢語經過極長時間的發展演變，很多古代的語音到現在都已有所變化，但多數常用漢字在古代就已經創造並定形，造成今天某些漢字的聲符已經不能再準確對應到現代語音。例如前面說過的，那些以「者」為聲符的字。這是歷史造成的結果，卻不應該據此扭曲造字的邏輯，像某些漢字推廣書籍一樣強行將形聲字硬解釋成會意字，還認為這比較好理解，甚至辯稱這貼近古人的想法。這樣無視漢字發展歷史，又望文生義的說解，不僅無法讓人正確地理解漢字，還會使人誤以為漢字都是象形與會意字，那樣不是越讀越偏離真實了嗎？

活學活用

繁釐

某大公司因部門對立嚴重，於是到處懸掛標語：「打破部門藩籬，共創公司繁釐。」

由於太掉書袋，沒幾個人看得懂，年輕的新進員工搔著頭，詢問部門主管中年男子標語的意思。經過解釋後，年輕的學弟臉上露出崇拜敬佩的神情說：「學長你不但業績做得好，連學問都很好，我真是望塵莫及啊！」

但見主管邪魅一笑，一手支著牆，逼近菜鳥的臉說道：「別管繁釐了，我只在乎你我之間，沒有藩籬。」

同場加映

小邦周劇場

吉 祥

綽綰

歲月饒過我

吉祥話的原形

吉祥話的出處

自周武王出演建國大業卻中道崩殂之後，西周貴族在周公的帶領下度過了風雨飄搖的時期。其後貴族們駕駛著宗周政府這艘小舟，一路前行，並在成、康、昭、穆四代的航程中，將小舟擴充為舳艫千里的龐大艦隊。貴族們的目光從四方邊界轉向了王朝內部，英勇開拓的氣息已然不復，朝臣更重視自身在艦隊裡如何攫取並長保榮華富貴。隨之而來的就是銘文字數增多，吉祥話花樣百出，層層堆疊，其反映出的欲望也是開國時所未見的。綽綰，就是這樣一個經典的例子。它流行於西周晚期，但也很快隨著西周的滅亡結束。在東周時期，它被意義相近的「難老」取代而走入歷史。

◎西周逨盤。該盤的盤底有21行372字的銘文，記載了單氏家族8代人輔佐西周12位周天子的歷史。末尾是一連串的吉祥話：「豐豐勃勃，降逨魯多福，眉壽綽綰，授余康虞（娛）、純右、通祿、永命、霝終，逨畯臣天子，子子孫孫永寶用享」。

綽綰，有時候會寫成「綰綽」，意思比較抽象複雜。有些學者認為是寬緩、寬裕，有些學者認為綽綰多與眉壽、永令這類祝福長壽的吉祥話連在一起用。綜合《莊子》中那句堪稱經典的話：「藐姑射之山，有神人居焉，綽約如處子」，當中「綽約」應該相當於西周吉祥話「綽綰」，永遠保持年輕的意思。

這個說法很有吸引力，畢竟它非常貼近現代人的理解，只是還是有一點小問題值得商榷。一來，「綽約」在郭璞注解《莊子》的時候說：「婉約」。二來，將這綽綰鑄在銅器上，祈求自己永遠青春的人，目前看到幾乎都是男性貴族。現代男性祈求自己青春永駐，並無不妥，但在兩千多年前的西周時期，卻不免顯得有點怪異。可是春秋吉祥話中有「難老」，同樣也是男性貴族，怎就不行了呢？精確地說，追求青春在現代人眼中是永遠十八歲之類的意思，但崇尚倫理的古代，如果有人永遠都十八歲，大概這輩子都被當小孩子，不可能出頭。綜合前面「寬緩」的說法，「綽綰」應當是祈求無情上蒼多贈些時間，讓匆匆歲月饒過自己，最好可以一直玩、一直玩、一直玩都不會老。對男性貴族來說，大概就是永遠保持熟男大叔的帥氣姿態，不要「一朝臥病無人識，三春行樂在誰邊」？

吉祥話小故事

在西周早期，貴族考慮得比較多的是國家、家族，從西周晚期開始，隨著社會變遷，風向一點點地變成追求一己之福為主。像綽綰、難老之類的吉祥話也應運而生。照性別刻板印象來說，女性作器者應該會更喜歡這類吉祥話吧？未必，目前看到跪求歲月殺豬刀饒過自己的周代貴族，只有蔡姞簋和晉姜鼎。蔡姞簋還不一定是求自己，是她做了一個青銅簋送給他哥，用來祭拜過世的父母。銘文說希望哥哥向父母求取多福，並祈求眉壽、綽綰、永命、彌厥生、靈終，這串祈福語，很難說只求蔡姞一個人，比較有可能是兄妹共享。不然哥哥收了銅器去拜拜，結果求得是妹妹的幸福，這畫面是很美啦，但是也太不合當時男尊女卑的常態了吧！

咦？男尊女卑是我們說了算嗎？當然不是，而且前面舉例的晉姜鼎，立刻就可以啪啪啪的打臉了。晉姜鼎年代還有一點爭議，大抵是西周末年到春秋超早期的銅器。銘文記載晉國夫人姜氏治理晉國的事蹟，她說她日夜勤勞，不敢享樂，認真工作，輔佐君主。又說自己派遣車隊前往當時的青銅資源重地——繁陽，取得了大量上等銅料，做了這個鼎，用來祈求綽綰、眉壽、成為

◎晉姜鼎（拓印）

世人取法的對象，萬年無疆，子孫永受保佑。

這看起來很猛啊！國君夫人說自己認真從政，而且規劃政事大成功，誰敢說周代男尊女卑？嗯，等等，我們看待事情，可不能這樣見樹不見林啊！不應該看到慈禧對八國宣戰，就說清代有女權強盛，也不該看到武曌的奪權換代，就說唐代男女平等。應該要有幾點認知：一、朝代跨越數百年，不會每個時間點都一樣。二、不應該見樹不見林，應從多數的例證來看待男女權位的高低與否。三、某些古代女性固然有才幹，但不能忽略的是若非當權男性死亡，留下權力真空，女性依「正常管道」是不會有獲取權力的機會的。

從商代開始就可以見到女性擔任軍政要務，像婦好，商王可以讓婦好帶兵，與其他將軍埋伏敵人。商代還有婦井，曾經受命征伐敵對國家龍方。商王可是在首都算算命，就能決勝千里之外呢！這樣看來，商代挺男女平權的嘛！其實不然，目前已知多數的甲骨文都集中在商王武丁一朝，從他開始分成五期，剩下四期幾乎沒有女性帶兵的紀錄。我們只能說武丁比較敢放妻子上陣打仗，但朝中有沒有除了王后之外的女將軍，還真的沒見著。

那周代呢？有些網路文章會說：女性在商代比周代地位更高。同樣也未必，在西周早期有「王姜」，她作為王后，可以賞賜田地、奴隸給臣子，派遣私屬去協助執政大臣召公，派遣宮內文書官出去宣慰諸侯。雖然當時沒有後宮外朝的分別，不過這位西周王后的權限，可能已經開到了干涉朝政的地步。

這些例子都有一個特性，就是女性還是依附在男性權力之下，藉著男性的地位行使權力。在商、周各種紀錄中，幾乎沒有女性入朝為官的，女性也許在作器、賞賜等各個小方面展現自己的政經實力，但總的來說，要活躍於政治舞臺，還不能不依附男性。

連在名稱上，也展現了依附男性的狀況。像婦好、婦井的「好」與「井」，據學者研究，很有可能是她們出身的族名，組合在一起就是「商王的女人，come from子國」（好相當於子加上女以表意思上的女性化，婦井的井字甲骨文是女加上井，為了行文方便，直接以井表示）。同樣的，婦井這一名稱，意味著「商王的女人，來自井國」。

至於蔡姞表示嫁入蔡氏的姞姓女子，晉姜就是嫁入晉國的姜姓夫人，只有少數的情況下，女性才能像男性一樣保留自己的「名」。部分作為嫁妝的銅器上會有女兒的名字，印證了那句話「女兒是爸爸前世的情人」。高中國文〈鄭伯克段于鄢〉也是這樣，偏心媽媽武姜的「武」是亡夫鄭武公的謚號，「姜」是她爸爸家族所歸屬的姓。這種名稱最大的問題在於，別國謚號叫武的君主，太太若是姜姓女子，也可以叫武姜，個體辨識度頗低。最重要的是，女性連名稱都依附在男性之下，要怎麼談平等呢？

所幸經過人類兩千多年的奮鬥，不平等的權力結構逐漸被拆解，雖然還有很長的路要走，但現在不僅女性可以開啟任官從政的入口，男性也可以擁有愛美的自由，大大方方理直氣壯地說：「祈求青春綽綰，匆匆歲月饒過我這個安靜的美男子」。

活學活用　綽綰

一首熟悉的「少女的祈禱」還在遠處街尾演奏著，這頭等待垃圾車到來的阿姨們則在閒話家常。

一位大姐興奮地推銷著新買的化妝保養品如何如何好用，眾人看了看大姐的臉，較之以往，真的白皙不少。於是眾人詢問大姐保養液牌子，但卻越說越不清楚。

「就叫綽綰液啊！專櫃小姐說綽綰就是青春的意思啦！聽有沒？」

「啥？搓碗液？拿來洗臉可以嗎？」

「洗什麼碗，是綽綰啦！」

「現在科技很厲害捏，連洗碗洗臉都可以二合一了，真好！」

在眾人大笑聲中，渾然忘卻少女的祈禱已然遠離，只好拎起垃圾袋，衝！衝！衝！

同場加映

綽綰液

小邦周劇場

吉　祥

黃耇

黃耇

老態龍鍾

吉祥話的原形

吉祥話的出處

黃耇（音ㄍㄡˇ）是求長壽的吉祥話，這個詞語與眉壽、萬年等求長壽的詞語一樣，在西周早期就出現了。不過俗話說：「大隻雞慢啼」，這個詞彙反而是在西周中期以後才流行起來。黃耇在一些長篇巨製的銘文裡出演過，如記錄西周六王史跡的牆盤與記錄十王功績的逑盤。西周滅亡後，黃耇雖然幾乎在青銅器銘文上消聲匿跡，然而這個詞卻因為《詩經》留存。《詩經．大雅．南山有臺》有詩云：「樂只君子、遐不黃耇」，意即祝福君子長壽。此外還有《詩經．大雅．行》：「酌以大斗，以祈黃耇」

與《詩經．商頌．烈祖》：「綏我眉壽、黃耇無疆」。青銅器時代雖然結束，但藉由經典文獻的傳誦，黃耇依然存續了下來，成為漢語文化珍貴的遺產。

吉祥話的涵義

眾所周知的〈桃花源記〉，其中有句：「男女衣著，悉如外人；黃髮垂髫，並怡然自樂。」這個「黃髮」，就是黃耇的「黃」的意思。《詩經．小雅．南山有臺》：「遐不黃耇」，《毛傳》：「黃，黃髮也。」我們現在說「白髮蒼蒼」其實還不夠老，《論衡．無形》：「人少則髮黑，老則髮白，白久則黃。」黃髮對古人來說才是真的活到老。

《爾雅．釋詁》：「耇老，壽也。」耇，有的寫作「耉（ㄍㄡˇ）」，是一個形符「老」字加上聲符「句」的形聲字。為什麼「句」不念

「劇」，反而發音是「溝」呢？其實這也是古今語音演變的關係。現在漢語中發ㄐ、ㄑ、ㄒ的音，發源於ㄍ、ㄎ、ㄏ聲母，這從一系列以「句」為聲符的字，像「鉤」、「枸」、「夠」等都可以看得出來。

耇的形體結構很好分析，但意義就很不好理解。因為《說文解字》說：「耇，老人面凍黎若垢」，也就是指老人臉上有些像汙垢一樣，看起來黯黯的斑點裂紋。另一種說法是清代學者朱駿聲提出，他從「句」的意思下手，認為指的是老人駝背彎曲，彎的東西就是勾，使得聲符本身還兼有表意的功能。這看起來好像還真的像一回事，但問題是駝背不一定是所有老人都有的特徵，而且駝背是一種病，未必老人才會得，有些人出生時因為遺傳問題，使得身體駝背伸不直。在《詩經．大雅．行葦》中曾有一段描述宴飲的文字：「曾孫維主，酒醴維醹，酌以大斗，以祈黃耇，黃耇台背。」祝福人活到黃髮長老人斑，雖然現在看來怪怪的，但這不影響生理機能，尚可接受。若要祝人老到駝背，恐怕就不是那麼適當了吧？

黃耇，由兩種老人的特徵指稱「老」這個意思，而且這個老還不是白髮那種老，是老到生出黃髮、老人斑的樣子，簡單說就是長壽。

吉祥話小故事

相信大多數的人都學習過「六書」理論。說六書最有名的，莫過於《說文解字》。這本書的作者許慎在東漢時期，面對社會上一群對著漢字胡說八道，又自稱是大師的人感到很頭痛。咦，那憑什麼許慎就對，其他人就錯呢？很簡單，因為很多人不了解語言文字是會隨時間而變化的。

許慎在《說文解字敘》說：「諸生競逐說字，解經誼，稱秦之隸書為倉頡時書，云：『父子相傳，何得改易！』」當時的人認為從秦代傳來的隸書，就是倉頡發明的，據此亂講漢字的人非常多。（其實不只文字形體，漢語語音也是變化頗大，現代依然有人無視這點而夸夸其談地解說漢字呢！）許慎很生氣，更讓他生氣的還有當時胡亂轉發的各種漢字謠言，這些謠言都是依照隸書字體來看圖說故事，無視隸書是一種民間為了書寫方便而產生的字體。為了戰翻那些漢字造謠者，有著「五經無雙」稱號的許慎寫出了《說文解字》，他以還沒大量簡化形變的小篆為材料，歸納分析。雖然現在來看他的說法仍有錯誤，然因許慎沒見過甲骨文與大量的金文材料，以及當時文化的限制，不能深責他。

許慎從小篆中整理出了五百四十個部首，詳細解說了什麼是「六書」。「六書」並非許慎發明的，推究「六書」源頭，有可能是許慎的老師的老爸的老師……劉歆所出。六書理論存活了這麼久，不止生黃髮了、長老人斑了，都快飛升成仙了。從甲骨文、金文大量出土，人們漸漸了解到，六書理論是有問題的。其中問題最大的，就是轉注。

黃耆的「耆」，是形聲字，其形符的「老」字，就是轉注的典範案例。也許很多人都背過：「轉注者，建類一首，同意相受。考、老是也。」意思大概是說部首相同，意思相同，即可互用，考就是老，老就是考。更簡單點說就是形近、義近字通用。可是，字的通用跟創造新字有什麼關係？答案是沒關係。清代就有轉注、假借是「字之用」的說法，認為轉注並不具備造字功能。

儘管很多學者都嘗試給轉注一個好的解釋，但問題與漏洞卻是越補越多。當代文字學大師裘錫圭先生甚至不客氣地指出，研究漢字可以把轉注當空氣了，沒必要在這渾水中瞎扯，不用轉注也能打造一套漢字構造系統啦！他甚至認為要理解許慎心中的「轉注」是什麼，根本是不可能的任務，除非要研究文字學研究「史」，不然不用去管什麼轉不轉注不注的。

不用管六書，那我們要靠什麼去系統性地理解漢字呢？在二十世紀時，有幾個文字學大師都曾經嘗試去整理六書系統，推出了「三書說」。不管是哪個版本的三書說，「考老是也」的轉注都是直接出局的。幸運留存的御三家有誰呢？以裘錫圭先生的說法，有表意（象形、指事與會意合併）、形聲與假借。

假借雖然被保存下來，不過假借和轉注一樣，都是漢字通用的方法，而不能直接造字。怎麼說呢？假借的原理和今天的「空耳」很像，就是借用同音或音近的字，來表達想說的意思。像「然」，本來是「燃」燒的意思，被借去表示「然而」、「是」之類的抽象意思。例如「又」，本來是「右手」的意思，被借去表示「再」。兩個意思之間的關係就是同音而已，沒有意義上的關係，叫假借，相當於靈魂附身。上面那兩個是本來就沒肉身的，強行占據其他字的肉體。有些是本來有自己肉體的，附身久了不回去。像「無」，本來是「亡」，後來寄生到本意是跳舞的「無」字上，迫使原宿主另造一個新殼「舞」。諸如此類，我們可以發現，假借反而還造成了漢字的緊縮，也許當時借一下很省事，但日積月累下來，同音字多，反而給學習的人造成困擾。更慘的是，要是把「茲事」體大假借成「姿勢」體大，那就「母湯」了啊！

話說回頭，後來有學者又推出了「二書說」：「無聲」與「有聲」。這是一個很切入漢字本質核心的看法。總的來說，象形、指事與會意，本質上不靠聲音理解，是可以看圖說故事的一種構字原則。而形聲與假借，本質上是靠著語音運作的，無法看圖說故事。

活學活用

黃耇

安德魯．羅賓森（Andrew Robinson）《文字的祕密》與史提夫．羅傑．費雪 Steven Roger Fischer《文字書寫的歷史》就有類似的概念，即世界上各種古文明發明的文字，多可分為表意、表音兩種基礎類型。

最後，「耇」字上面的「老」，與其複雜地用六書中的轉注理解，倒不如簡單地說這個字是取拄杖之人的樣子就行了。六書理論這個眉壽黃耇般的老說法，看起來過時，但並非毫無價值。象形、指事、會意並非被取消，而是併入表意字（無聲字），成為無聲字的子項。假借依賴同音字運作，與有聲字的關係密切。它可以幫助我們理解文字變化的過程，怎麼從孤魂野鬼找到宿主奪舍，並走上各種不同的發展路線。六書理論老歸老，可還是可以啃土豆的喔！

周公旦為他的哥哥作法延壽，消耗太多查克拉，事畢後累得回家倒頭就睡。睡夢間他喃喃夢囈：「用祈……黃耇……嗚嗚哥哥不要走。」周文王的靈魂為周公旦的感情所動，便讓他穿越到人間樂土，享受片刻的寧靜。

周公旦醒來後，發現自己身處一座廣場，周圍的人都用奇異的眼神打量著這個衣著怪異的男子。周公旦走到了一個美人魚雕像旁，驚訝著滿街的人都滿頭黃髮，臉上滿是斑點，這是黃耇之象？旦心念一轉，此地肯定就是長壽鄉，要是能得到黃耇之人的祕密，就能帶回去給哥哥延年益壽。

因為語言不通，又因衣著怪異，竟有不少黃耇之人以為周公旦是街頭表演藝人，紛紛將手上的克朗打賞給周公旦。不明就裡的周公旦行禮作揖，以為黃耇仙人要贈送長生符咒，不勝欣喜，又感於仙鄉的人情溫暖。

就在周公旦感動地捏著手上滿滿的克朗時，他跌下了堤防，便從夢中醒來。

「呼！原來是夢啊！」

當他揮手擦汗時，一疊克朗竟順著手擦過滿是汗水的額頭。

同場加映

小邦周劇場

吉 祥

祜福

祜福、永祜福

祝你幸福

吉祥話的原形

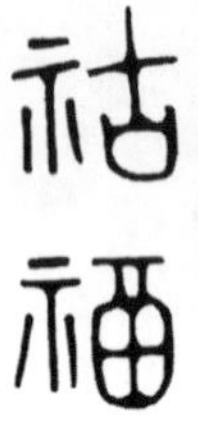

吉祥話的出處

「祜福」、「永祜福」是春秋時代位處南方的小國，曾國、黃國常用來祝福別人的吉祥話。文獻典籍對這兩個國家的記載不多，只有在《左傳》提到魯桓公八年（西元前七〇四年）的時候，說到楚國十分強大，曾經約見附近的小國諸侯聚會，沒想到曾國（文獻裡稱「隨國」）和黃國居然不知天高地厚地拒絕參加，於是位置較近的曾國就被楚國討伐，狠狠地揍了一頓。而位於淮水的黃國，因地理位置較遠，楚人只能隔空叫罵，便躲過了一劫。雖說黃國在此次事件中順利脫身，往後也依靠了另一個強力的老大哥——齊國，但並未迎來比較好的結局，在魯僖公十一年（西元前六四九年）楚國就以「黃人不歸楚貢」的理由把黃國給滅掉了，因此黃國的國祚可說是非常短暫。

在他們遺留下來的青銅器上，我們經常可以看見「祜福」或「永祜福」出現，說明這是春秋早期流行於這一地區的吉祥話，像是曾國貴族鑄造的青銅鼎上就有「曾子白諻（ㄐㄧㄥˋ）鑄行器，爾永祜福」，或是黃國國君陪葬用的鼎也有「黃君孟自作行器，子孫則永⿱宀祜⿱宀福」的句子。

吉祥話的涵義

「祜福」或「永祜福」是什麼意思呢？「祜」在文獻裡的注釋常常是「福也」，換句話說，祜就是福，福就是祜，「祜福」是一組意義相同的詞彙。而「永」在金文中除了當作人名以外，只有一個意義：長久、永遠，就是形容時間的延綿不絕，所以「永祜福」就是希望福氣可以長久地綿延下去。

有沒有發現，「祜福」和「永祜福」的涵義其實很好理解，就是我們今天所說的「福氣啦！」這種對福氣的追求，在更早以前就已經出現，像是西周銘文曾出現「大神其陟降嚴祜」，這裡「大神」是指已經過世的祖先，而「嚴祜」就是「大福」，是在世的後代子孫祈求過世祖先能降下大福氣，庇佑整個家族。除此以外，文獻典籍也有類似說法，像是《詩經．小雅．信南山》就有「曾孫壽考，受天之祜」的句子，也是主持祭祀的子孫向過世祖先祈求延年益壽，並得到上天的保佑。

吉祥話小故事

「祜福」和「永祜福」是一對只見於青銅器的吉祥話好兄弟，大概是出身南方的緣故，文獻典籍似乎不怎麼喜歡用它們，所以我們只好來介紹一下可以看見這對好兄弟的青銅器們。

因為曾、黃兩國曾經流行過這個吉祥話，所以鑄有「祜福」或「永祜福」的青銅器並不算少見，其中比較值得一談的有兩個部分。首先，是曾、黃兩國雖然都很喜歡用「祜福」或「永祜福」，但是寫法不太一樣，曾國用的字形就是現今我們習慣的「祜福」，但黃國卻熱愛加上「宀」字頭，寫成「𡧊富」，不知道是不是覺得這樣比較有家的感覺！

其次，是兩件關於女性的青銅器。它們都出土在湖北省棗陽市一個叫作郭家廟的地方，學者從銘文推斷，應該都是屬於曾國的青銅器。第一件器的銘文寫著「曾孟嬴剈自作行簠，則永祜福」，「曾孟嬴剈」是這位作器女子的名字（是否覺得看起來好難念？）「曾」是她所出嫁的國度，「孟」是她的排行，「嬴」是她的姓氏，「剈」則是她的名字。換句話說，這是嫁到曾國的女子嬴剈，為自己做的一件出門遠行或陪葬用的青銅器，希望能隨身帶著這個器皿並享有福氣。銘文看起來很短，內容也不難理解，但是「自作」兩個字卻讓人眼睛一亮。在古代，能夠自行鑄造青銅器的女性並不多，通常要具備一定的身分地位，嬴剈想必是位非常特別的女子，才能自作青銅器。只可惜出土這個青銅器的墓葬已經被嚴重破壞，我們目前沒有辦法推測嬴剈究竟是何方奇女子，也無法了解她做了這個青銅器後怎麼使用，而這方面的問題只能留給未來的學者研究。

另一件青銅器也很有意思，它的銘文寫著「曾亘嫚非彔，□□□（此三字殘缺）為爾行器，爾永祜福」。根據學者的研究，「曾亘嫚」應該是這個青銅器的女主人，「非彔」等於文獻裡「不祿」的意思，「不祿」通常指貴族來不及當官就死掉了。這裡可能表示「曾亘嫚」過世得太早，所以家人或親戚為她製作了陪葬用的青銅器，祈求她在另外一個世界也能長久地享福。

這原本是一段不難理解的銘文，然而不知道什麼原因，應該標示青銅器製作者的地方，卻留下了三個字的空白。這個空白，使我們至今無法知道這位有心人到底是誰，他不僅默默地為「曾亘嫚」記下短暫人生的結局，也同時鑄刻了他最深情的祝福，「為爾行器，爾永祜福」一語，彷彿正對著即將遠行的曾亘嫚說：送你一份愛的禮物，我祝你永遠幸福（唱）。這正是深愛「曾亘嫚」的家人，所能奉上的最後禮物。

活學活用

祜福、永祜福

「各位，我有個好提議，等下新郎、新娘經過我們這桌時，我們就伸出腳來，把新郎絆倒，好不好啊？」

「你真的很壞耶，一點都不懂得祝福！」

「好歹我們這桌也有個前男友啊，來，前男友說話！」

「如果你真的非常喜歡過一個女生，就會知道，要真心祝福她跟別人一起過幸福快樂的日子，根本不可能。」

同桌眾人一片叫好，紛紛在待會新郎要敬的酒水裡加料，一人一樣，都代表著對新娘的祝福。等到新人雙雙來到這胡鬧的一桌時，未等新郎發話，新娘便要求這些長不大的屁孩不准胡鬧，還要一人說一句祝福的話。

「白頭偕老」……

「百年好合」……

「琴瑟合鳴」……

「早生貴子」……「哇！你這太狠了，一下子就要開車上路生小孩，奶粉錢你幫忙出啊！」

眾人一陣吐槽嬉鬧後，輪到壓軸的前男友說話了。

「爾永祜福……」

雖然只有四個字，彷彿擁有無上的魔力，讓女孩眼眶流下兩行清淚，情緒激動，一把抓住前男友的手，兩人奔出了禮堂，留下悲慘的新郎與一大群傻眼的賓客。

爾永　祜福

同場加映

小邦周劇場

吉　祥

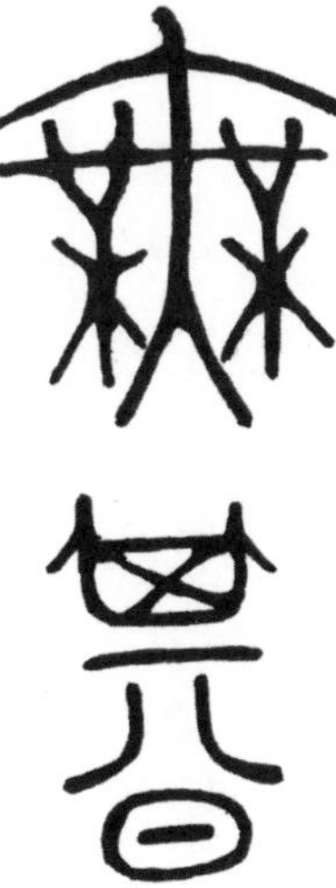

無期／毋己

祝福恆久遠，一句永流傳

吉祥話的原形

吉祥話的出處

春秋時代，很多人喜歡使用「○○無期」的吉祥話祝福別人，不像我們現在似乎很容易聯想到「無期徒刑」、「後會無期」之類不太妙的句子，但是「無期」加上美好的辭彙，往往讓人產生祝福恆久遠，一句永流傳的感覺。

尤其在青銅器中，特別容易出現「○○無期」的吉祥話，而且字形寫法更是五花八門。從寫法來講，無期的「期」，除了我們一般常見的這個字形以外，還有寫成𣅀、⿱其日、諆、其、⿰其凡、⿱⿰其丮土、⿰言⿱其其、𣅀等等形體，是不是非常多元化呢？這在古人看來都不是錯字，只要這些字的聲音和「期」念起來相同，就完全沒有問題了，是不是非常自由奔放呀！

至於「○○無期」到底有多夯？可以告訴大家，絕對榮登春秋時代十大流行語之一。最喜歡使用這句吉祥話的地區，可分為兩派：第一，是南方的楚、徐、許、鄧、鄀、宋等國。第二，則是山東一帶的齊、紀、邾、莒等國。春秋時代的東方與南方可以說是流行先驅，尤其像是楚、齊這些高品味的國度，往往對時尚特別敏感。除此之外，每個國家似乎還有自己獨特的愛用款，像是「眉壽無期」主要流行於南方各國，但這還算是比較普遍的，像「萬年無期」、「大寶無期」就是楚國人的心頭好，「男女無期」則展現齊國人特別的品味，「受福無期」目前只看到紀國人使用，「霝命無期」也是邾國才看得到的特殊用法。

大致說來，「○○無期」是一個專屬於春秋時代的吉祥話，它流行的範圍雖然主要在東方與南方，不過也算相當廣泛，因此很容易在這個時期的青銅器上看到，可以說是學習東周吉祥話不能略過的經典名句。

吉祥話的涵義

「無期」可說是東周吉祥話的萬用百搭款，所以快速襲捲各國，形成新的流行，很受到當時人喜愛。大約在春秋初期，已經有人開始放棄西周愛用款「無疆」，改用又潮又新鮮的「無期」，像是當時的貴族「夆叔」就很愛用「壽老無期」這樣的句子祝福自己。到了春秋晚期更是「○○無

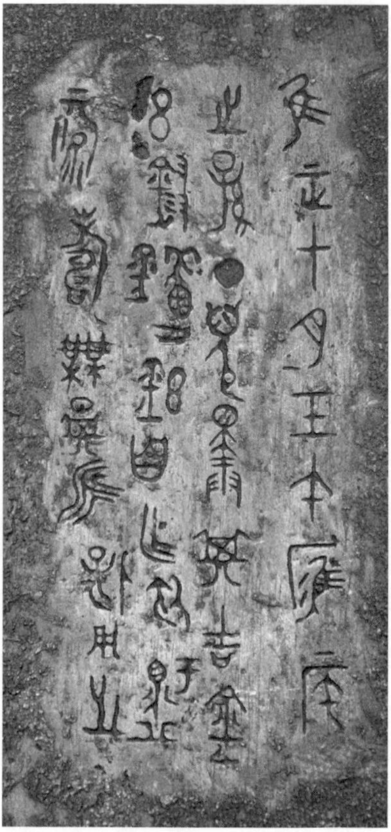

◎應侯之孫銅鼎蓋銘文（眉壽無期）

期」的爆紅階段，開始出現「眉壽無期」、「萬年無期」、「男女無期」、「大福無期」、「受福無期」、「霝命無期」等美好的祝福詞。

「○○無期」用現在的話講，就是「永遠如何如何」，通常與壽考、福佑搭配食用，它的意義和西周金文或文獻常見的「○○無彊」一樣，都是指年歲或福澤綿延無期。如果要仔細解釋「無期」，可以說就是「沒有期限」的意思。以此類推，金文常見的「壽老無期」、「眉壽無期」、「萬年無期」，就是希望年歲沒有期限的增長下去，因為「眉壽」原本就是希望可以長命百歲，這裡又以「無期」加強補充，表示當時人民對生命有著異常強烈的渴望，不但祈求長壽，還進一步希望生命能夠永無止境。

當然，其他的「○○無期」也需要解釋。像是「大福無期」、「受福無期」都是指福佑綿延不絕，這個很好理解。至於「霝命無期」的「霝」是指美好、美善的意思，所以「霝命無期」就是祈求永遠好命，是說即便是二十一世紀的今天，「永遠好命」也是相當美好的祝福語呀！最後一個「男女無期」則比較難解釋，學者們的看法有些不太一樣，不過一般認為

「男女無期」之「男女」與其他青銅器講的「其百男百女千孫」意義相同，都是指後代男女子孫。如果「無期」意謂無止盡，那結合來看，「男女無期」就是指後嗣子孫的無窮盡，這在講究多子多孫多福氣的古早時代，確實也是個令人喜愛的祝福呢！

另外可以做的一個小小補充，春秋時代除了「眉壽無期」以外，還出現「眉壽毋已」的說法，「毋已」就是不要停止的意思，所以「眉壽毋已」也是祈求長長壽命不要停止。雖然這兩句吉祥話解釋起來一模一樣，「眉壽毋已」在青銅器中也只有出現過一次，但是它會搭配其他詞語變成「毋疾毋已」，以期許身體永遠不要有病痛。

事實上，不管「無期」還是「毋已」都表示春秋時代的人們希望好事永遠不要停止，這些詞彙的背後代表著他們對生命與美好事物的渴求，而我們也可以從這裡看出古人思想精神的變遷。

吉祥話小故事

從西周的「眉壽無疆」到春秋的「眉壽無期」，表面上看起來只是字面做了一點抽換，實際上卻牽涉到中國古代生命觀念的轉變，而這段故事可追溯到稍早的西周時代。

話說西周時代的人們有著現在看來很特別的觀念，他們認為個人的生命是來自祖先。也許讀者會覺得，這有什麼好奇怪的，曾祖父母生下爺爺奶奶，爺爺奶奶生下父母，父母又生下我們，當然可以說生命是來自於祖先，但這麼想可就大錯特錯了。西周人所指的「生命」不只是活著這件事，而是包括個人一生的身分、地位、職業以及榮辱，這些全部都是祖先給的，每個人都是家族裡的一分子，沒有了家族是不可能獨活的。所以西周人第一次升官要回祖廟拜拜、得到天子賞賜要回祖廟拜拜、打仗打贏了也要回祖廟拜拜。總而言之，一個人的各種美好都是過世阿公、阿祖或是更遠的祖先在天上保佑的結果。所以說，這時候的人們不太會為了自己的事情祈求什麼，多半就是為了家族祈求。因此就算是為了自己，想到的也就是「眉壽無疆」、「霝命難老」，這類保佑我一切平平順順，無災無難到公卿的吉祥話。

但是到了春秋，就有點不一樣了。隨著政治局勢和社會結構的改變，人們慢慢開始在意自己的事情，期盼身邊的美好永遠不要消失，於是「無疆」就開始被「無期」取代。其中，轉變最明顯的就是對壽命的追求，畢竟只有活下去，才會有希望，其餘的美好都是建立在活著這個基本前提底下，所以「眉壽無期」、「難老無期」成了祝福自己或對方最適合的話語，最好最好永遠都不要死啦！

這個生命觀的轉變後來越演越烈，成為了眾所周知的秦始皇派遣徐福尋求長生不老藥的基本動力。很多人在看這段故事時，都以為這只是為殘忍暴虐的秦始皇再加上一筆事蹟而已，畢竟電視劇裡的反派角色感覺就是會為了活下去不擇手段呀！然而，如果我們了解從西周到東周的生命觀念演變，就會對於秦始皇的作為不感到意外，畢竟人人都想長生不老，而秦始皇都能統一天下，達到前所未有身分地位高峰，他怎麼可能不動用各種人力或資源，試著完成這個當時人們心中最美好的夢想呢！

活學活用

無期／毋已

「我們昨天分手了……」女孩在辦公室裡，面對同事的逼問，掙扎地說出這一殘酷的事實。

同事紛紛疾言厲色地譴責，什麼難聽的話都出口了，好像被分手的是他們一樣。

當女孩嘗試辯解時，卻被「你不要再心存妄想了」、「像那樣的人早分早好喔」等一連串話語堵了回來。直到有位看不過去的同事力排眾議，請女孩清楚地說明昨天的情況，辦公室內亂烘烘的場面才獲得短暫的平息。

「他說我的愛對他來說，就像……我不敢再想了啦！嗚嗚……」

緊接著又是一頓亂七八糟的咒罵，但在混亂中那位看不過去的同事理性地問道：「我看他平常對你很好啊，為什麼會這樣呢？你能不能再說清楚一點？」只見女孩抽抽噎噎地說：

「我問他會愛我多久，他回答，如果一定要在這份愛上加上期限，他希望我們的愛情可以受福無期。你們說他是不是覺得跟我在一起就像被束縛，像坐牢一樣？」

語音方落，辦公室內頓陷死寂，正在滔滔不絕分享愛情倫理學的眾人齊將視線聚集在女孩身上。

「怎……怎麼了？我臉上有飯粒嗎？」

一陣沉默後，一句斥責瞬間塞爆了整間辦公室。

「你這個大——白——癡——！」

傻眼寶寶

同場加映

小邦周劇場

吉　祥

它它巸巸

沒有盡頭的美好

穿越吧 14 吉祥話

吉祥話的原形

吉祥話的出處

「它它巸巸」可說是一句歷史悠久、淵遠流長的吉祥話，無論是西周還是東周都非常愛用。不過隨著時代的變遷，也產生過不同的面貌。早在西周時期，青銅器銘文就曾經出現「它它受茲永命，無疆純佑」和「阤阤降余多福」的用法，這裡的「它它」和「阤阤」都表示經常、永遠的意思，就是祭祀者希望過世的祖先或神明，可以經常保佑他擁有很多的福氣。

到了春秋時期，「它它」出現了威力升級版——「它它巸巸」，這是山東地區春秋時期限定吉祥話，建議與「受福無期」、「壽老無期」、

「男女無期」一起服用。這句吉祥話主要流行於齊國和郜國。齊國是大家熟悉的春秋五霸之一，而郜國可能覺得有點陌生，這是一個位於山東地區的小國家，在《左傳》出現過幾次，因為國內發生動亂，後來就被魯國給併吞掉了。春秋時期山東地區可說是走在流行時尚的尖端，常常以齊國為中心出現外界跟不上的新詞彙，而郜國大概也受到影響，所以開始使用「它它巸巸，某某無期」的搭配。

吉祥話的涵義

在解釋這句吉祥話之前，先為大家說明一個簡單的文字學小概念。話說這個「它」跟「也」字，看起來好像是不同的兩個字，不過最初都是在表現蛇的形狀。現在會變成兩個字，是因為分擔了不同的字義，才漸行漸遠、分道揚鑣。這兩個字的源頭，其實就是同一個字，在早期並沒有什麼太大的分別。一個殘留至今的現象可以證明這件事，那就是我們常常作第三人稱代詞使用的「它」跟「他」，後者的部件有「也」，就是這個混用現象的殘跡。而與其說是混用，不如說一開始古人就沒當成是兩個字，「他」反而是「也」、「它」的同源活化石。

因為這個緣故，所以學者看到金文裡的「它它」與「阤阤」，便直覺地視為同一組詞。事實上，「它它」與「阤阤」在古典文獻裡面並不少見，像是《詩・鄘風・君子偕老》「委委佗佗」或是《詩・小雅・巧言》「蛇蛇碩言」，「委委佗佗」就是我們現在說的「虛以委蛇」的「委蛇」，也可以寫作「逶迤」。「委蛇／逶迤」本來是形容蛇在匍匐爬行的樣子，後來引申為曲折蜿蜒或順應隨便的樣子。而「蛇蛇碩言」則是夸夸其談，欺騙人的意思。正因為「委蛇」、「蛇蛇」有這層曲折蜿蜒的味道，所以「它它」與「阤阤」在金文裡又可以引申為不絕無窮之意。

配配，其實就是古典文獻裡的「熙熙」，像是《左傳・襄公廿九年》「廣哉熙熙乎」；《周書・大子晉篇》「萬物熙熙」；《老子》「眾人熙熙」。或者我們現在常講的「熙熙攘攘」，都是形容廣大眾多的意思。

所以我們解釋「它它熙熙」的方法很簡單，就是把「它它」和「熙熙」的意思加在一起，於是就變成了綿延不絕、廣大茂盛的意思。如果再加上「受福無期」、「壽老無期」、「男女無期」這些吉祥話，那就是希望福氣、年歲和後代子孫綿延不絕，枝繁葉茂，永遠沒有盡頭。

吉祥話小故事

說到釋讀古文字，一定很多人感到好奇，到底考古學家或是文字學家是怎麼解讀出這些稀奇古怪的文字呢？難道是像電影演的那樣，把文物挖出來之後三秒鐘就讀懂內容嗎？還是有什麼密技法寶，可以打開血輪眼看懂這種字在寫什麼？其實都不是的，現在就讓我們用「它它熙熙」做例子，來看看學者們是怎麼解釋這個以前從沒見過的吉祥話。

事實上，學者們一開始並不是把「它它巸巸」解釋成綿延不絕、廣大茂盛的樣子。當大家看到青銅器出現「它它」與「阤阤」的時候，第一個想到的是《孟子．離婁下》的「施施從外來，驕其妻妾」，因為「它」、「也」在古代是混同的，加上國文老師總是強調「施施」要念成「一ˊ一ˊ」，不可以念「ㄕㄕ」，那「施施」和「阤阤」根本就音義相同啊，看起來就是同一組詞沒錯了，於是就把兩者聯想在一起。

不知道各位是否還記得孟子講的這個「齊人有一妻一妾」的故事？「施施從外來」講的是那個跑去墓園乞食祭品的丈夫，得意洋洋回來跟妻妾炫耀的樣子。因此，學者們很快的就把「它它」與「阤阤」解釋成喜悅和樂，但這個時候麻煩卻來了。在所有的銘文裡面，絕大多數的「它它巸巸」都和「某某無期」一起出現，只有甚六鐘銘文出現「我以樂我心，它巳巳（巳巳、巸巸，古代相通），子子孫孫，羕（即「永」）保用之」，在這裡用喜悅和樂的樣子來解釋「它它巳巳」，雖然沒有什麼問題，但是其他的文句卻很難解釋，像是「它它巸巸，男女無期」難道要翻譯成「好開心呀，希望我的子孫永無止盡」嗎？

因此，學者開始考慮另外一種讀法。他們將眼光放到「委委佗佗」，注意到「委蛇」這個古語有修長委曲的意思，進一步引申為無窮不絕，而這正好可以和「某某無期」的意思產生連結。所以，「它它熙熙」並非指喜悅和樂的樣子，而是無疆無期的意思，「它它」取不絕無窮之意，「熙熙」則取廣大眾多之意。以這個意思解釋「它它受茲永命，無疆純佑」和「陁陁降余多福」這兩句銘文，就會發現不論「它它」或「陁陁」都是形容祖先所賜的福氣或保佑，顯然用「綿長無盡」來解釋是比較合理的。

「它它熙熙」的解釋因為相對比較合理，所以很快獲得大多數學者的認同，甚至補充《爾雅．釋訓》「委委佗佗，美也」的典故，來加強這個解釋的說服力。從這個小故事可以看到，古文字學家在解釋一個沒見過的詞語時，是需要進行多方面考量的，不只是字形要講得通，詞語解釋也要找到和文獻能夠對應的證據，最重要的是，必須回到銘文本身的脈絡去解讀，才有可能得到真正理想的答案。

活學活用

它它巸巸

一日清晨，樊遲手上揮舞著一疊罰單，氣沖沖地從外面跑進來，對著子貢抱怨：「五張！這禮拜我已經收了五張罰單！」子貢拍拍他的肩膀說：「兄弟，你還好嗎？有什麼問題說出來，我罩你！」樊遲大怒說：「這個禮拜還沒過完，我居然已經收了五張罰單了！」接著他將罰單怒甩在地上，只見罰單中出現一個紅色的小布包，子貢湊過去伸手拉出，原來是一個縫著「它它巸巸」字樣的御守。他看著樊遲，只見樊遲囁嚅道：「這……這是我媽縫給我的。」子貢大笑，無奈地看著樊遲說：「你把這個放在什麼地方？」樊遲回答：「車上啊！」子貢聽完，只是微微一笑：「樊老弟啊！『它它巸巸』意思雖好，但你可放錯地方了，難怪你的罰單綿延不絕，沒有盡頭吶！」

同場加映

小邦周劇場

吉 祥

皇皇趣趣

夜半鐘聲又響起

吉祥話的原形

吉祥話的出處

前面我們已經提過春秋時代流行的吉祥話經典款「它它巸巸」，不過到了春秋晚期，人們似乎開始覺得「它它巸巸」不夠威猛，於是推出進階版——「皇皇𧼈𧼈」。這個進階版加載了許多新功能，它不只是延續「它它巸巸」形容綿延無期的意思，似乎還可以用來形容青銅鐘的聲音，或者進一步引申為喜悅和樂的樣子，所以我們總是能在春秋晚期的王孫誥鐘、沇兒鐘、許子膃師鎛等等青銅樂器上看到。而它的寫法也有很多種樣式，像是韹韹巸巸、趪趪𧼈𧼈、皝皝𧼈𧼈、皇皇𧼈𧼈、敳敳𧼈𧼈，為方便印刷，我們一律寫成「皇皇趣趣」。

吉祥話的涵義

「皇皇趣趣」究竟是什麼意思？這裡需要說文解字一下。「皇皇」這兩個字雖然有時是皇帝的「皇」重複使用，但絕對跟尊爵不凡沒有關係，因為它還有寫成諻、趪、皝、敱的例子。經過學者的研究，大部分認為「皇皇」在一般傳世文獻是寫成「鍠鍠」。

看到這個從「金」字旁的「鍠」字，很容易讓人聯想到和金屬器有關。朱駿聲《說文通訓定聲》中有很清楚的說法：「鍠，鐘聲也。从金皇聲。《詩・執競》『鐘鼓鍠鍠』毛本作喤，《廣雅・釋詁四》『鍠，聲也。』《漢書・禮樂志》注『鍠鍠，和也。字亦作諻。』《爾雅・釋訓》『諻諻，樂也。』注『鐘鼓音，亦作鍠』。」這段話的意思是說：「鍠」

指的是鐘聲，古代可以寫成「鍠」、「喤」或「諻」，《詩經》就有「鐘鼓鍠鍠」這樣的說法。

由於「皇皇趣趣」這句吉祥話經常出現在青銅鐘的銘文裡，「皇」有又美又大的意思，而「趣」則是和美的樣子，因此很自然地會聯想到形容鐘聲宏亮和美。有趣的是，「皇皇趣趣」還可以進一步引申為和樂喜悅的樣子。根據王孫誥鐘、沇兒鐘、許子𩐠師鎛的銘文內容，學者認為「皇皇趣趣」有可能也可以形容器主與嘉賓、父兄、朋友宴饗時的一派和樂，君臣相惜的情景。另外，王孫遺者鐘也有一句銘文值得思考，它說：「余專旬于國，皇皇趣趣，萬年無期，世萬孫子，永保鼓之。」學者認為這裡的「皇皇趣趣」是形容「余專旬于國」之狀態，「余專旬于國」應該解釋為「我的德政遍及於全國國民」，因此「皇皇趣趣」就是形容國人喜悅和樂的樣子。

吉祥話小故事

在鑄有「皇皇趔趔」這句吉祥話的青銅鐘之中，有一組值得進一步認識的著名青銅器，就是王孫誥鐘。

王孫誥鐘是一套由二十六件甬鐘組成的青銅編鐘，也是迄今考古發現最大的一套春秋編鐘。根據銘文內容顯示，製作這套青銅器的人是楚國王族後裔——「王孫誥」。然而令人好奇的是，這套體積龐大、作工精良的青銅編鐘究竟是如何來到世人面前？它又帶著什麼不為人知的祕密呢？以下就讓我們來為讀者說分明吧！

首先讓我們把時光倒轉到一九七七年的夏末秋初，這個時節儘管天氣逐漸涼爽，但持續性的少雨使河南南陽地區面臨乾旱危機，尤其是丹江水庫的水位持續下降探底，一場缺水危機即將展開。但是就在人們擔心沒水可用之際，丹江水庫卻開始沖刷出許多不應該屬於水裡的東西，附近居民仔細一看，居然還是數量眾多的玉器和青銅器。就這樣，隨著丹江水庫的水位下降，一座長年深埋水底的古代世界，從此映入人們閃閃發亮的眼裡。

一九七九年河南省文化局正式組成「淅川縣丹江水庫文物發掘隊」，針對丹江水庫底下的世界進行考古發掘。不挖沒感覺，一挖不得了，文物發掘隊不僅挖出二十四座春秋時代的楚國墓葬，還伴隨著許多大量珍貴的考古文物，其中也包括我們今天的主角——王孫誥鐘。經過學者研究，這些文物確實都是春秋時代楚國貴族製作且遺留下來的，其中一件青銅器《王子午鼎》的製作者「王子午」，還是《左傳》曾經提到的楚國重要政治人物——「令尹子庚」。這批文物的面世，不僅可以確認《左傳》內容的真實性，也再一次讓現代的人們感受到春秋時代楚國文化是如何閃閃發光。

話題回到王孫誥鐘，它是一組由二十六件甬鐘組成的編鐘，各個甬鐘大小依序遞減，最大的據說有一二八公分，約莫和一個小孩子差不多高；重量則高達一五八・二公斤，簡直就是青銅鐘界的胖胖杯啊！很極端的是，最小的鐘只有二三．三五公分，重量也只有二．五公斤，和一個剛出生的小嬰兒重量相當。曾經有人嘗試敲擊這些大小不同的青銅鐘，意外發現即使這套編鐘在水底已經沉睡了兩千年，但音色依然優美，音質純正，而不同的音階也讓編鐘的音域十分寬廣，適合演奏各式各樣不同的樂曲，並讓人可以遙想兩千多年前的楚國貴族是怎麼享受這樣的文化盛宴。

最後，王孫誥鐘銘文也是一絕。它的字數很多，內容很長，大抵是說王孫誥用了很好的青銅材料製作一套音色優美的編鐘。因為有這套高檔樂器，才能讓王孫誥好好地侍奉楚王，執行公務不會出差錯，也能用來培養一個貴族的美姿美儀；而在宴請楚王、諸侯或其他嘉賓的時候也可以使用。這段銘文是用楚國非常特別的字體——鳥蟲書寫成，那彎曲捲繞的筆畫，呈現出來的柔美樣態，也讓人驚嘆楚國藝術的登峰造極。

藉由這個小故事，帶領大家稍稍了解一下楚國青銅器的豐富之處，也希望藉此感受到「皇皇趣趣」的鐘聲，是怎樣帶給人平安喜樂的感受。

活學活用　皇皇趣趣

約會的時候，春嬌問志明：「我哪裡好看？」志明說：「你怎樣都好看。你真是沉魚落雁，閉月羞花。」春嬌有點皺眉說：「還有嗎？」志明搔搔頭說：「你像春天的花蕊，天上的星星。」春嬌大怒：「這連我阿公都不屑講，你居然說得出來，不能來點新的嗎？」這時候志明靈光一閃：「啊！我知道了，你的美真是皇皇趣趣。」春嬌聽了不喜反怒，運起十成功力，反掌怒擊桌面，桌面應聲碎裂，現場飛砂走石，說道：「你以為老娘沒聽過皇皇趣趣嗎？」志明面如死灰，吐出一口沙說：「我……我哪裡說錯了嗎？」春嬌揪住他的衣領，高舉過頭說：「『皇皇趣趣』雖然是形容美好之意，但不是用來形容女生的美貌，形容男生的也不行，你以為我是一口鐘嘛！」

同場加映

小邦周劇場

吉 祥

難老

逆天凍齡的祕密

穿越吧 16 吉祥話

吉祥話的原形

吉祥話的出處

「難老」這句吉祥話可以說是業界小嫩嫩，它出現的時間很晚，大約是在西周晚期。最早見於一件名為「殳季良父壺」的青銅器銘文，裡頭寫著：「用祈匃眉壽，其萬年靁冬難老。」就是說器主人製作這件青銅器，主要是用來祈求長壽、好死以及青春永駐。

其他的時候，「難老」一詞都是出現在春秋時期的青銅器銘文，而且數量不多，目前只有郙公盤、齊太宰歸父盤、叔尸鐘以及曾侯與鐘等器可以看到，而前三件又是山東一帶諸侯國的青銅器，因此我們或許可以視為特定地區流行的吉祥話。「難老」大部分和「眉壽」、「霝命」一起出現，甚至也曾發展出第二版本——「壽老毋死」。這表示在西周晚期到春秋時期之間，人們對於生命的主要訴求就是長壽、好命以及不容易老，或者更好的，就是根本不要死。

吉祥話的涵義

難老，顧名思義，就是不容易老，也就是我們今天說的青春永駐，還可以引申為長生不老。《詩經．魯頌．泮水》就有「既飲旨酒，永錫難老」的句子，意思就是說魯國國君找了許多賢達人士來到泮水邊飲酒，而這些人士喝了這美酒，同時也得到了青春永駐、長生不老的祝福。

難老，這句吉祥話的意涵雖然非常易懂，不過它背後卻有很重要的象徵意義。西周晚期是一個新觀念的產生時期，過去西周人向祖先祈求的最大願望都是眉壽萬年，而這種長壽、長考的觀念，通常不只是祈求個人生命的長長久久，也包含家族或宗族的綿延不斷。換句話說，在西周前半的時期，人們是把自己的生命託付給家族的，只要家族持續興旺，個人生命品質如何就沒那麼重要，基本上就是即使死了一個我，還有千千萬萬個我的概念，所以我們也常常會看到「子子孫孫永寶用」的說法。

但是到了西周晚期，「難老」、「壽老毋死」等吉祥話的出現就有不同意義，這不光是代表年壽的長考已經無法滿足當時人們的需求，更重要的是，人們對於生命的觀念也逐漸擺脫宗族的束縛。他們不再只是祈求家族的長久興旺，而是希望個人生命也能夠活得好、活得久。因此從「眉壽」到「難老」，並不是單純從長命百歲到青春永駐的改變，而是人們對於生命狀態開始產生更高的期待。這種期待是從承認每個人都不可避免衰老、死亡，到開始抗拒衰老、死亡。而這種觀念的改變，甚至進一步的影響了戰國時期的思想，最後形成中國傳統中很重要的養生觀以及養生文化。

吉祥話小故事

古人追求長生不死的故事非常多，最有名的莫過於秦始皇派遣徐福到海上尋求長生不死藥的故事。然而在這件事情以前，長生不死的觀念是怎麼在古人腦海裡形成？那些權力威望不如秦始皇的古代貴族們，又會怎麼追尋長生不死的方法呢？

從「難老」一詞的解釋，我們已經知道大約在西周晚期開始，人們漸漸產生抗拒生命衰老、死亡的意識。到了春秋時期，這樣的期盼更加強烈，根據《左傳》的記載，魯昭公二十年的時候，齊國國君景公曾因喝酒很快樂，而問晏子說：「若是自古以來都沒有死，那歡樂不知會怎樣呢？」晏子於是嗆國君說：「要是自古以來都沒有死，現在的快樂就是古代人的快樂了，可就沒有君王你的份啊！」當然晏子的腦袋很清楚，知道要是生命沒有死亡這件事，那真是還挺恐怖的。不過既然齊景公會這麼問，表示到了春秋晚期連「難老」都沒辦法滿足人們了，而是更進一步的追求「不死」。

不過，有學者根據文獻或文物的記載，推知從西周晚期到春秋時期這段時間，「長生不死」的概念已經在人們腦海中蔓延開來。不過很多時候這些吉祥話可能只是說說而已，就好像我們祝福別人「永遠十八歲」一樣，雖然知道它絕對不可能發生，但打打嘴砲也能讓人感到開心。到了戰國時期，大家居然開始認真面對這件事，甚至身體力行地想找出長生不死的方法。

於是，戰國時代開始出現專門講養生的人。像是《莊子》、《呂氏春秋》等文獻就提到不少喜好養生的人物，而出土文獻像是馬王堆三號漢墓就有許多關於行氣、導引、房中術之類談論養生的書籍，說明養生在當時確實蔚為流行。但我們有沒有辦法看出戰國時人會怎麼養生呢？

戰國時人開發一種養生方法叫做「食氣」，是不是聽起來很像吃空氣？要這麼說也沒錯，其實「食氣」就是我們現在講的呼吸吐納。《淮南子》就記載古代有王喬、赤松子兩高人，他們可以吸收陰陽之和，食用天地之精，並藉由呼吸吐納的功夫達到騰雲駕霧的境界，這就是一種養生的方法。王喬靠食氣來養生的故事，在戰國時代頗為流行，所以有名的憂鬱詩人屈原先生在〈遠遊〉這篇文章中就講「吾將從王喬而娛戲，餐六氣而飲沆瀣兮，漱正陽而含朝露」。意思是說屈原想追隨王喬一起遊樂，吸收天地精華之氣。類似的記載像是《莊子．逍遙遊》提到藐姑射山的神人也是「不食五穀，吸風飲露」，這些都是古人藉由呼吸吐納之法進行養生的故事。

當然，戰國時代的養生觀是非常豐富的，不單單只有「食氣」一種，也不是保養好形體就可以了，還包括對於心、神、氣的保養，而且各家還有各家的方法。無論如何，正因為人們開始追求「難老不死」，所以才有往後的戰國養生觀，更開啟了中國傳統文化豐富的思想世界。

活學活用

難老

西元九四八七年，一艘太空船降落在曾經生機盎然，如今死氣沉沉的地球上，此時距離人類滅亡已過了五千年。外星人想著：「我們似乎來晚了，這顆星球應該沒有生物了，我們還是回去吧！」這時外星人的眼角餘光，閃過了一抹身影。他轉過頭去，只見一妙齡少女朝他緩緩走來，眼底似乎有著說不盡的滄桑，開口說：「等等，別走，我已經好久沒看到活人了。」外星人困惑地說：「地球人不是已經滅亡了嗎？你是人還是鬼？」妙齡女子說道：「小女子名為春嬌，在地球已經生活了數千年，我年幼之時曾有一番奇遇，師父不僅授我內功，還特地作法保我青春難老，沒想到師父功力太過高強，效果出奇的好，讓我至今仍保留十六歲的面貌，直到人類滅亡了，我還是青春難老，孤獨一生。難得遇見一個可以說話的對象，希望你——留下來，或者帶我走。」外星人看了她一眼，默默轉身，駕起太空船絕塵而去。

同場加映

小邦周劇場

吉 祥

永壽用之

長生不老的祕訣

穿越吧 17 吉祥話

吉祥話的原形

吉祥話的出處

「永壽用之」是春秋時代流行在山東和南方一帶的吉祥話，從字面上來看，很容易聯想到西周時期流行的「眉壽」。在南方眾多諸侯國中，最喜歡使用「永壽用之」這個流行語的是陳國人。

陳國，是春秋時代的一個小國家，大概位於現在河南東部和安徽交界的地方，存活時間不算短，從西周早期受封一路撐到春秋晚期。陳國的開國國君是胡公滿，因為他爸爸擔任過周文王的陶正（掌管製作陶器的官職）而受封，他本人也娶了周武王的大女兒，正因為陳國和周王朝往來算是密切，所以陳國早期受到周文化的影響很深。陳國還有個往來密切的鄰居叫蔡國，常常通婚互相影響，而它倆最為人所知的事，恐怕就是孔子周遊列國時，曾經一度「困於陳蔡」了。

不過有趣的是，「永壽用之」雖多見於陳國青銅器，卻不曾在蔡國青銅器銘文中見過。其餘另有曾（曾者子鼎）、宋（宋公鼎）、郜（郜鼄簋）、鄝（邊子蒷臺鼎）、曹（曹公簠）、魯（魯正叔盤）、鄧（鄧公孫無忌鼎）等國的青銅器，其中陳、曾、鄧的地理位置靠近南方，而魯、郜、鄝等國位於東方，至於宋、曹位置則介於東方與中原之間，大抵看來，都是受到周文化影響較深的國家。

吉祥話的涵義

「永壽」一詞最早見於西周晚期的復公子伯舍簋銘文，春秋時期大為流行，一路潮到戰國早期。春秋時代的西方地區甚至推出不同版本的吉祥話——「大壽」，這是西周從未見過的。

那它們究竟是什麼意思呢？《說文》云：「永，長也」，也就是「長久、永遠」的意思。「永」字從西周開始就常常和各種用字搭配，形成各種意義不同的吉祥話。例如：西周晚期常常出現「永令」、「永命」等吉祥話，又多與「眉壽」、「霝冬」連著一起說，大約就是長命百歲、長壽好死的意思。

此外，「永」和「大」在金文裡面會有成對出現的狀況。例如：西周的金文有「永福」、「大福」兩種說法，學者認為「大」有可能是數量要求，「永」則是要求時間上的綿延不絕，兩種說法的著眼點不同。從這裡去推想，可以知道，「永壽」指的就是長壽，至於「大壽」則是強調壽的數量之多，然而「壽」的數量多也就是長壽，所以這兩種說法的意思其實差不多。在東周的金文中，「永壽」雖然出現了二十幾次，但最常和「用」或「用之」組隊變成一句吉祥話，光是「永壽用之」就占了將近一半的比例。

吉祥話小故事

「永壽」和「眉壽」都是金文常常看見的祝壽吉祥話，「永」和「眉」意義相仿，所以本質其實是十分相近的。從這裡可知，有時候兩周吉祥話的本質並沒有實質不同，僅僅是詞面的抽換和改動而已，所以無論「眉壽」、「永壽」或「大壽」都是意義相同，用字不同的詞語。

廣泛來說，這種實質意義相同，只是字面或詞面抽換的現象在出土文獻經常可見。尤其當出土文獻和傳世文獻內容相近，兩邊可以對讀參照的時候又更加明顯，有的時候甚至會換到看不出是同一組詞語，簡直就像是中了火寒之毒一樣，需要依靠專門的學者加以分析，大家才會恍然大悟，像這種相關的研究，我們都稱它為「字詞關係」。它不但可以幫助我們了解古人的書寫習慣，還可以藉由研究這些字詞的不同，理解背後的文化變遷，可以說是了解古代非常方便的管道。

像是從「眉壽」到「永壽」的變化，在商周之間也有發生過類似的例子。在商朝的青銅器及甲骨文中，有個詞彙叫做「有譴」，白話翻譯就是「有過錯」，那麼「亡譴／無譴」就是形容某人處理事情沒有過錯。這組詞彙從商朝一路用用用，用到了西周中期，大概周穆王以後就不用了。周人開始自我覺醒，決定來點不同的，於是在周昭王時期的青銅器銘文裡出現了大量「亡尤」一詞。

事實上，「亡尤」在甲骨文裡也是很常見的，只是商朝人似乎不怎麼喜歡把它放在青銅器銘文裡，或許是覺得不夠正式，類似現在書面語和口語之間的差異，總之「亡尤」一詞很少登上青銅器。但是西周中期以後，這個局面就全然不同了，「亡譴／無譴」退出了銘文的行列，「亡尤」反倒變成了最新潮的主流。雖然這兩個詞組所表達的意思一模一樣，不過兩者似乎各擅勝場，各有各引領風騷的時期，而我們也可以藉由觀察它的變化，了解不同時期的常用詞語。

甚至我們能夠利用這樣的觀察心得，來推測傳世文獻某些篇章的撰寫年代。例如：《尚書・君奭》「我民罔尤違」或是《詩經・邶風・綠衣》「我思古人，俾無訧兮」，這裡的「罔尤違」和「無訧」也都是沒有過錯的意思。因此學者從這裡判斷，〈君奭〉和〈綠衣〉可能創作時代比較早，或者是吸收了比較古早的詞彙來表現，才會使用了西周時期流行的詞語。

經過這樣的說明，是不是稍稍了解古人在不同時期、不同書寫載體或是不同文獻上面使用詞語的情形。過往我們在國文課中常常被一種現象困擾，就是老師說某字通某字，某詞又等於某詞，搞得大家很混亂，有著背也背不完的東西。倘若我們能搞清楚，這些很有可能只是書寫模式不同所產生的差異，那麼這些零碎的資訊，也就不那麼難理解了，而我們也可以更貼近古人的書寫狀態，去了解他們究竟在想什麼。

活學活用

永壽用之

記者訪問年紀一百多歲的老阿嬤，問她：「奶奶，你維持長壽的祕訣是什麼呢？」

老阿嬤說：「因為我都有做毛巾健康操啊！」記者說：「喔？可是毛巾健康操很多人都在做呀，怎麼你的特別有效？」

阿嬤露出神祕的笑容，說：「我當然有祕訣，今天我就把埋藏數十年的祕密告訴你。」這時她起身，從衣櫃裡拿出一條破舊的毛巾，上面繡著「永壽用之」四個字。

接著阿嬤娓娓道來：「你不要小看這條毛巾，這是一條高人加持過的毛巾。在我年輕的時候，有一天在路上遇到一位陌生人，他說：『你我有緣，所以贈你這條毛巾。你只要天天用它，就可以長命百歲。』從那一天起，我就天天用它做毛巾健康操，直到今天……」。

同場加映

小邦周劇場

吉 祥

去疾

史上最強防毒軟體

吉祥話的原形

吉祥話的出處

「去疾」這句吉祥話主要見於戰國、秦、漢等時代的璽印，它可以作為吉祥話，也可以當作人的名字。春秋時代開始，就有人被命名為「去疾」或「棄疾」，例如：鄭靈公的弟弟就名為「去疾」，鄭國人本來想立他為國君，但他不願意，硬是讓鄭國人立了哥哥鄭襄公。此外，曾國和楚國也有名為「棄疾」的貴族，湖北隨州出土曾公子棄疾簠，而楚公子棄疾正是殺掉楚靈王而自立的楚平王。

由此可知，「去疾」或「棄疾」作為一種想望的期許與祝福是由來已久。戰國時期，隨著長壽萬年以及長生不死的觀念形成，去除疾病的願望就更加強烈了，因此我們在璽印上除了看到「去疾」之外，還有很多類似的說法，像是「病已」、「疾已」、「去病」、「毋死」、「去疢」、「瘳」等等。它們往往被作為人名以及吉祥話反映當時人們的心理，而著名古人霍去病、辛棄疾正是在這個脈絡底下產生的名字。

◎史頌簋（臺北故宮博物院藏）。簋，古代祭祀時盛黍稷的圓形器皿。

吉祥話的涵義

「去疾」，顧名思義，就是去除疾病。疾病會奪去人類的性命，因此不管古人還是現代人都希望自己能身體健康，沒有疾病。尤其是古代醫療不若今天進步，小小的疾病就可能使人致命，因此除了預防、治療之外，古人也常以「去疾」作為新生兒的姓名，或是當作吉祥話鑄刻在隨身攜帶的璽印上，為的就是希望藉由每日念著「去病」、「去疾」來達到遠離疾病的目的。

◎漢「吳去病印」銅印，長2.0公分。（臺北故宮博物院藏）

吉祥話小故事

從「去疾」的例子可以發現，某些吉祥話在戰國秦漢時期很常被用來當作姓名，這一方面表示父母會把自己最好的祝福賦予孩子，另一方面也代表我們可以透過與姓名有關的「私名璽」，來了解古人最深刻的願望是什麼，乃至於每個地區的思想文化或是價值觀。以下就來介紹戰國秦漢時期的菜市場名排行榜。

從戰國到西漢這一段時期，人們開始講究養生和追求不死，所以祈求身體健康或是延年益壽的吉祥話，也開始成為父母命名資料庫首選，例如：延年、延壽、萬年、萬歲、毋死、辟死、千秋、益壽、久長等等，就是戰國時期的菜市場名。像是漢朝的李延年，或是唐朝的李龜年、李鶴年、李彭年，都是從這個類型衍生出來的名字。

另外，有些父母追求孩子們生命的吉祥平安，那就會取「如意」、「中意」、「得之」、「勝之」、「當時」、「當道」、「可成」。或是強調個人志向人品的「官人」、「賢士」、「異人」、「武強」、「莫如」、「奇能」、「野王」等等。甚至表現父母比較積極的渴望，像是追求財富的命名，例如：富貴、長富、千萬、多羊、多牛、多禾、多酒。雖然我們不知道「多酒」的爸媽是多麼愛喝，不過仍然可以看出戰國時期的父母希望孩子能在物質不虞匱乏的環境下，美好度過一生。

戰國秦漢時期的父母取名還有一個特色，就是不排斥否定詞。我們在很多菜市場名中看到「不」、「毋」之類的字出現，例如：毋害、不害、毋傷、毋畏、毋憂、不識、不疑、不問、不侫、不怠等等。戰國時期著名思想家「申不害」的名字，或是武俠小說人物「張無忌」基本上都屬於這個類型，而它的道理也是和「去疾」一樣，都是藉由否定不好的事物來使孩子達到理想人生。

比較有趣的是，古代人還有取賤名或惡名的習俗。這在臺灣早年社會中，也經常看得到，而戰國秦漢時期父母通常喜歡用帶「疒」旁的字給孩子命名，所以可以看到「上官疾」、「司馬疥」、「李癰」、「李痞」的私名璽，有時則是取奇特的賤名，像是「鄭青肩」、「馬牛羊」、「程豬子」、「劉狗彘」、「呂小狗」、「田破石子」等等。雖然古代取名原則中有「不以隱疾」一項，然而從這些出土文獻來看，很多時候還是會直接以隱疾或賤名為命名選擇。這個現象不代表戰國秦漢時期的父母比較不愛小孩。正好相反，他們認為以疾病或賤物命名，可以產生一種以毒攻毒的效果。也就是說，如果名字中用了某一種疾病名，就代表這個小孩已經得過這種病，從此以後就不會再得到，而賤物名也是同樣道理，把小孩當作不重要的東西反而比較容易保存下來。

事實上，不管是吉祥話、疾病還是賤物的命名，都是在反映父母最衷心的祝福，而我們正可以藉由這些古代菜市場名，去想像古人的追求與期盼。

活學活用　去疾

在一款國產防毒軟體開發會議裡，大家正在思考如何為他們新開發的產品命名。

職員甲說：「要不要就叫銀山毒王。」總經理皺了一下眉頭，看向其他人……

職員乙趕緊說：「我知道，我知道，乾脆叫三百六十五壯士。」

總經理怒道：「你六十五是從哪裡多出來的呀？」

職員丙說：「我個人認為，我們應該使用穩健又具積極性的名字，不如就叫『去疾』吧。」

總經理拍桌而起，仰天長笑：「很好！就是這個了。」

同場加映

去疾

小邦周劇場

宜有千金

宜有千金

貧民百萬富翁

穿越吧 19 吉祥話

吉祥話的原形

吉祥話的出處

戰國時代，人們喜歡把自己的願望刻在印章上，隨身攜帶著，沒事就可以拿出來賞玩，提醒一下自己要朝印面上所刻寫的目標努力邁進。而戰國璽印上常見的「宜有千金」吉祥話，就是戰國時人的願望之一。

除了「宜有千金」之外，還有很多類似的吉祥話，像是「宜有百金」、「宜有萬金」、「宜有千萬」、「有千百萬」、「日入千萬」、「千萬／千万」、「千金」、「萬金」、「有金」、「百千萬」、「有千萬」、「百萬金」、「宜千金」、「宜有金」等等，它們沒有限定哪個地區流行，都是講出來大家都喜聞樂見的好句子。

吉祥話的涵義

「宜有千金」的意思就是「有很多錢」，以此類推，「宜有百金」和「宜有萬金」就只是錢多錢少的差異而已。「有錢」這個願望，在我們今天看來是再尋常不過的，不管是投注樂透、運彩還是股票，人人都有一個致富的夢想。然而「有錢」這個夢想並不是人類與生俱來的，西周、春秋時期的貴族們並沒有特別希望有錢，因為他們根本很少用貨幣交易，相較之下，家族興旺或是年壽長考才是他們真正追求的夢想。

但是到了戰國時代，百家爭鳴、布衣卿相的時代氛圍讓人們價值觀有了巨大改變。原來一介貧窮的讀書人可以靠著遊說諸侯國君取得崇高政治地位，更能夠享受隨之而來的財富和特權，而另外一群舊時代的沒落貴族，開始需要為了維持基本的生活排場，而向經濟實力比較堅強的新貴族低聲下氣。這種時候，不管是貴族還是一般人都開始嘗到了有錢的好處，於是「有錢」便成了戰國時人追求的重要夢想之一。

有趣的是，戰國時人可是大剌剌地將自己的致富願望鑄在璽印上。大家可以想像一下，一個戰國男子隨身攜帶著「一秒幾十萬上下」的印章，沒事就拿出來摩娑摩娑，甚至蓋在自己的本本上面，為的就是希望鼓勵自己，有一天能成為人見人羨慕的有錢人。雖然這畫面想像起來有些可笑，不過確實就是戰國時代的一種風氣，也幸虧這些璽印都留了下來，才能讓我們看到當時人們十分生活化的一面。

「宜有千金」印

吉祥話小故事

漢代著名史學家司馬遷的《史記・貨殖列傳》裡頭記載了不少戰國時代致富的著名商人。若是我們了解戰國時人對千金財富的追求，便不難理解，為什麼成功致富的商人也能得到太史公青睞，而戰國時代又有哪些不為人知的致富故事呢？

戰國時代有一位名叫白圭的洛陽人，秉持著「逢低買進，逢高賣出」的簡易經濟學策略，就成為地方上著名的致富者。如果要請白圭寫一本如何致富的介紹，可能會有種「蛤！就這樣？」的感覺，因為某種程度上，他可說是遇著好時機，發了大財。

當時，魏國國君魏文侯正在努力執行政治改革，以拚經濟為口號，推出了一連串的土地開發政策。白圭逮住機會，在一旁愉快地觀察著交易市場的變化，當稻穀成熟時，就購入大量稻穀，出售蠶絲與油漆；在蠶繭出產時，便收購絲帛、絲絮，同時出售穀子。或是針對每年穀物的收成狀況，選擇性收購品質不同的穀子，以在適當的時機販賣出去。白圭的經營方式，在現代資本主義社會成長的我們看來，簡直就是連小學生都會的基本概念，卻讓他因此狠狠地大賺了一筆，甚至成為當時人們效法的典範。

為什麼會這樣呢？原因其實很簡單，雖然戰國時人成天都有著「宜有千金」的願望，可是真正懂得操作這些經濟原理的人卻是少之又少，而當中幾位開始參透金錢遊戲規則的幸運兒，便成為戰國時代著名的成功商人。

財富不僅給戰國時人帶來優渥的生活環境，更帶來超乎常規的禮遇，秦始皇時代有兩位有錢人就是如此。一位是烏氏倮，他靠著畜牧業成功致富，擁有能以山谷為單位計算的牲畜。秦始皇得知此人之後，命令烏氏倮可以比照擁有封地的貴族，定時與大臣至朝廷謁見皇帝。

另一位則是寡婦清，清的夫家世代經營硃砂礦業，同時壟斷商業利益，成就綿延好幾代的富裕生活，據說家族產業多得不可計算。然而寡婦清嫁入這戶豪門後，大概沒能享受多麼幸福的婚姻生活，丈夫甚至是家族主事的男性過世以後，寡婦清必須支撐起守護家業的任務。在這種擁有著龐大事業網絡的家族裡，她所面臨的內憂外患是不難想見，除了家族內部實際參與經營的族人外，還有外部虎視眈眈等著取代這個家族的敵人，不過這些困難寡婦清都順利克服了。她守住了夫家的事業，並且懂得用錢財來保護自己不受侵犯。寡婦清的這些舉措得到秦始皇的大大讚賞，認為她是一位貞節的婦女，不僅以客禮招待她，更為她建築了一座「女懷清臺」。

這些人都是戰國到秦朝著名的致富者，雖然過往我們對古代中國似乎總有著「重農抑商」的想像，彷彿商人就算再怎麼有錢，也是沒有地位的暴發戶罷了。不過無論是璽印的「宜有千金」，還是上述這些故事，古人不但將發財大夢鑄在隨身攜帶的璽印上，也會記錄各種成功賺錢的故事，讓大家學習仿效。看到這裡，再回頭看看那些各種教人理財致富的方法，是不是覺得很有親切感呢？似乎不管過了多久，古人和我們都永遠做著同樣的發財夢。

活學活用

宜有千金

在內政部鼓勵生育的活動場合上，最受到記者矚目的就是一對育有九個女兒的夫妻，令人嘖嘖稱奇。

記者訪問這對夫婦：「九個小孩都是女兒，有什麼祕訣嗎？」

太太不好意思地笑著說：「沒有啦，這都是誤會。其實我們當初去廟裡想求很多錢財，特意求了一個『宜有千金』的御守，沒想到我們錢也賺到了，千金也得到了，真是皆大歡喜呀！」

同場加映

小邦周劇場

吉 祥

大吉

永遠不敗的吉祥話

吉祥話的原形

「大吉」印

吉祥話的出處

「大吉」無論是現在還是戰國時期都是廣受人們喜愛的吉祥話，可以說是源遠流長，永不退流行的不敗經典款。「大吉」主要出現在戰國璽印之中，它的變形款式很多，有四字版的「大吉昌內」、「王有大吉」、「出入大吉」，二字版的「大吉」、「行吉」以及單字版的「吉」，表示這時候「吉」字或「大吉」已經是人們很常用來祝福自己或他人的用語。

吉祥話的涵義

看到「大吉」一詞，大家想必聯想到廟宇裡面抽的籤，除了「上上籤」之外，我們總是期盼打開來就會看到閃亮亮、華麗麗的「大吉」二字，由於「大吉」詞義很好理解，毋須多加說明，因此我們先來談談「吉」字的來源。

「吉」字是由「士」跟「口」兩個部件組合而成的字，上頭的「士」其實和士兵無關。甲骨文的「吉」寫成和兩種形式，有些學者認為上部可能是青銅戈之類的武器，表示堅固的意思；也有學者認為是玉圭一類的禮器，有王權、軍權或祥瑞的意思。但不管「吉」字的上部究竟是什麼東西，大家還是很努力地連結「吉」字最重要的意義——吉祥。

學者們為什麼會這麼做呢？主要的原因還是「吉」字從甲骨文以來，就表示吉祥、美善的意思。在甲骨文中，已經可以看到「上吉」、「引吉」、「大吉」、「小吉」等用法。而金文的表現則更為豐富，像是表示好日子的「初吉」、表示美善安康的「吉康」、表示上等銅料的「吉金」等等，可見「吉」也可以作為形容詞來描述美好的事物。

至於戰國時代為什麼出現這些冠有「大吉」之詞的璽印呢？主要正是反映戰國時人的一種心理狀態。這些「大吉」璽印在過去多是用來佩帶，而不是鈐印用的，就好像紙膠帶不是用來封裝用的。古人佩帶「大吉」之印的用意，正是希望可以達到趨吉避凶的效果，像是「出入大吉」很明顯就是祈求出入都能平安，有點類似我們會在車上掛行車平安護身符的概念。有學者認為，相較於「日入千萬」或是「長生」這些明確的願望，「吉」或是「出入大吉」是反映當時人們對命運的不可測性感到不安，轉而希望一切順利平安的祈願。

從簡單的描述可以看到，從很早的時期開始，「吉」就是大家嚮往且追求的目標。儘管目前還不是很清楚甲骨文中的「大吉」、「小吉」是否等同今天的意涵，不過至少在金文中，我們可以確定「吉」已經有美善的意思，至於戰國時代隨著「大吉」印語的流行，不難發現戰國時人已經有和我們相同的想望。

吉祥話小故事

雖然各種「大吉」看起來在璽印之中很常見，是一句至今永流傳的吉祥話，但是經典文獻提到的「大吉」並不多，主要都和占卜有關係。像是《左傳》裡就有兩處與「大吉」相關的故事。

第一則故事是說，晉惠公在秦國的幫助下歸國登基，但不久後卻背棄了當初的政治協定，甚至對秦國的饑荒見死不救，導致秦穆公大怒，準備發兵伐晉。春秋時代，凡是發動軍事攻擊以前，國家通常都會進行占卜，藉此鼓舞士氣或了解這次出征的可能結果，而秦國也不例外。針對這場戰役，秦穆公特地請了掌管占卜事務的卜徒父以筮草預測，結果是「吉」，同時還顯示「若渡過黃河，君侯的車子會毀壞。」秦穆公接著追問這段筮詞的意思，卜徒父說：「這是大吉的意思，只要秦國軍隊擊退晉國三次，必能俘獲晉國國君。我這一卦得到了『蠱』卦，占書上說：『將一千輛的兵車驅逐三次，此後就能得到那隻雄狐了。』這裡說的雄狐必然是他們的國君。『蠱』卦的內卦是風，外卦是山，秋天的時候，我們的風吹過他們山頭，吹落了他們的果實，取用了他們的木材，所以可以戰勝。果實落了，木材沒了，這不是戰敗，什麼才是戰敗呢？」最後，秦國果然在這場戰役擊敗晉國，甚至俘獲了晉君，兩國也就此議和。

另一則故事是說魯國的南蒯（ㄎㄨㄞˇ）想叛變，特意為此事找了人進行占卜，得到的卦詞說：「黃裳元吉」。他認為這表示大吉的意思，便告訴子服惠伯說：「假使要幹大事，你覺得怎麼樣？」惠伯說：「我曾經學過《易》，這個卦象如果行忠信之事是沒有問題的，不是如此，必然會失敗。這個卦象，外在剛強，內在溫順，這表示忠誠，再加上用和順之心進行占卜，這表示信用，所以說『黃裳元吉』。黃，是內衣的顏色；裳，是下身的服裝；元，是百善之長。內心不忠誠，就無法符合黃色的意義；為下不恭敬，無法彰顯裙裳的意義；事情做不好，就無法符合標準。內外都和順就是忠誠，做事情有誠信就是恭敬，把剛剛所提的三種事情都做好就是為善，不是關於這三種事情的，預測就不會準確了。而且《易》是不可以拿來占卜凶險之事的，你說的『幹大事』是什麼呢？作為部下，到底能不能不恭敬呢？中美就是黃，上美就是元，下美則是裳，三者都達成才可以占卜。假設有所缺乏，就算占卜結果是『吉』，也是不行的。」南蒯最後不聽惠伯的勸告，仍然執意叛變，最後以失敗告終，逃亡到齊國。

在這兩則故事中，都是出現看似吉利的占卜，但結果卻不盡相同。秦國之所以戰勝晉國，當然不只是因為占卜結果，而是本身具備許多有利條件，加上師出有名，自然穩操勝券。南蒯之所以會失敗，主要是因為他身為屬下卻想進行叛變，本身就是不忠不義之事，因此即使占卜結果良好，事情也不盡如人意。春秋戰國時代，人的自我意識逐漸抬頭，思想上固然還是追求命運、行事的「大吉」，但他們很顯然也不是一味依賴或相信占卜的結果，而是更能審慎客觀地判斷情勢，並且選擇占卜結果的詮釋，可以說是一個非常值得觀察的現象呢。

活學活用　大吉

有一位老外來到臺灣逛書店，正在閒晃翻書之際，只聽見書店老闆很不高興地嘟囔著：「要是每個人都來書店白看書，不買書，那我的書店就要關門大吉了！」

老外聽到了，立刻放下書，跑到老闆面前，微笑著說：「恭喜恭喜！」

老闆聽了，很不高興：「生意這麼差，是在恭喜什麼？」

老外說：「我在學中文的時候，聽說『大吉』是很好的吉祥話，所以我想『關門大吉』，一定是書店打烊以後會發生很棒的事情吧！」話還沒說完，老闆就拿掃把將外國人給趕出去了。

同場加映

關門大吉

小邦周劇場

吉 祥

得志

少年得志大不幸

吉祥話的原形

吉祥話的出處

在戰國時代的璽印之中，「得志」也是非常受歡迎的吉祥話之一，甚至明清時期的篆刻家也會借用這句話來表現。「得志」的相關變化很多，包括「有志」、「从志」、「呈志」等等，基本都是希望自己立定的志向能夠順利達成。戰國時代的吉祥話多半在三個字以內，後來璽印裡的吉祥話越來越長，到了秦代，「得志」甚至發展出像是「相思得志」的四字版本。

吉祥話的涵義

「得志」的涵義相當好理解，就是指自己的志向能成功、實現。

《說文解字》說：「志，意也。从心之聲。」段玉裁在「注」補充：「志，古文識，蓋古文有志無識，小篆乃有識字。」這裡的意思是說，許慎將「志」解釋成「意向」，而段玉裁提醒讀者，「志」除了表示意向以外，還同時有記識、記得的意思，因為小篆出現以前沒有「識」這個字，所以「志」就承擔了兩種意義。

在古文字材料裡，「志」字的出現時間非常晚，見於戰國晚期的中山王方壺，在長達數百字的銘文裡頭出現了「竭志盡忠」四字。除此之外，大部分的「志」字都出現在戰國楚簡裡頭，像是包山楚簡、郭店楚簡或是上博楚簡等等。而這邊有個文字學小知識可以分享給大家，在楚簡裡的「志」字大部分呈現兩種形體，一種是从之从心，表示志向；一種是从之从目，表示記識。所以段玉裁說得雖然沒錯，不過「志」的兩種意義在戰國時代的楚文字裡頭，就已經嘗試用不同形體來表示了，這也為後來「志」和「識」的分化做了非常好的鋪陳。

由於這些出土文獻內容有的和傳世文獻相關，因此大部分「志」字的意思也和書本中差不多，例如：《上博楚簡一．緇衣》有「此以生不可敓（奪）志，死不可敓（奪）名」的句子，和《禮記．緇衣》可以對讀，而這裡的「志」也是志向的意思。

吉祥話小故事

由於戰國璽印的「得志」一詞非常好理解，加上傳世文獻中各種立志、得志的故事也很多，因此這裡我們不打算對大家老調重彈，而是想藉此介紹一下古文字最早看到的「志」字，也就是鑄刻著「竭志盡忠」四字的中山王方壺。

中山王方壺是戰國時代中山國國君的隨葬青銅器。中山國是春秋戰國時期白狄的鮮虞部落，傳世史書裡有一些關於中山國的記載，陳述這個幾度覆滅又興起的國家，像是《左傳》就曾記錄晉國與中山國的交鋒，西元前五〇五、五〇四年晉國就曾征伐中山國，以報晉國將領觀虎被俘之仇。中山國在春秋戰國之際曾遭遇晉國沉重的打擊，直到西元前三八〇年前後才重新復國，並且逐步邁向強盛，但也因中山國位於趙國與燕國之間，因此常與這兩國交戰，最後在西元前二九六年被趙國所滅。

雖然中山國在史書裡偶爾被提及，但關於這個國度的故事仍舊相當模糊，直到一九七八年河北省平山縣戰國中山王墓出土，才稍稍揭開它的神祕面紗。在中山王眾多隨葬品當中，最為珍貴的就是三件刻有長篇銘文的青銅器，而裝飾著夔龍紋的中山王方壺正是其中一件。這篇銘文長達四百五十字，是中山王𠆸（𠆸，音ㄘㄨㄛˋ）十四年所作，內容記載中山國尊崇周天子，奉行周禮，申明《詩》、《書》之教的立場。

銘文前半段講述這個青銅器的製作背景，中山王𠆸命令相邦（類似於相國）選擇燕國的高級銅料，鑄造這個青銅壺，目的是用來祭祀上帝及先王，同時也提到中山國兩位先王武公、桓公，他們的偉業與遺訓延續到子孫身上，給在位的君主有了效法典範。中段則是中山王嚳的自我期許，希望能做到慈孝寬惠、與賢始能的美好境界，甚至提到「余知其忠信也而專任之邦」、「竭志盡忠，以左右厥辟，不二其心」等儒家忠臣的觀念。後半段則是話鋒一轉，提到燕王噲讓位給相國子之的歷史，批評這種作法是「上逆於天，下不順於人也」、「不祥莫大焉」，最後表示自己「身蒙甲冑，以誅不順」，並以這件事情告誡中山國的後代子孫，唯有順應名分才能長治久安。

這篇銘文自出土以來就是學術界的研究熱點，原因是它展現了前所未見的中山國面貌。首先從內容提到的「忠信」、「竭志」、「盡忠」等概念，可以感受到中山國受到華夏文化的影響頗深，顯然已經向中原的價值觀或制度靠攏，和史書記載的白狄部落印象很不相同。第二，銘文提到戰國時期很重要的歷史事件，就是燕王噲讓位給相國子之的故事。燕王噲在位五年的時候，進行大幅度的國內改革，甚至將君位禪讓給相國，引發燕國內亂，齊國見機攻擊燕國，中山國也背叛了同盟加入侵略燕國的行列，從中掠奪十幾座城市，占領數百里的燕國土地，甚至搜刮許多財物，而這件青銅方壺正是中山王及相國利用戰役取得的青銅資源製造的，也象徵著中山國鼎盛時期的模樣。

若從「得志」的角度來思考，中山王譽也可以說是達成了他的志向。中山這個在春秋戰國時期不斷覆滅的小國，最終在中山桓公、中山成公的努力下重新站起，甚至在中山王譽在位時期加入「五國相王」行列，而相王的五國中僅有中山國為千乘之國，其餘皆為萬乘之國。儘管這個小國在崛起後不久，就因為政策不當逐漸走向衰落，中山王譽過世後的繼位者無法力挽狂瀾，只能任由鄰近的趙國發起十餘年戰爭，最後為趙國所滅，但是隨著中山王墓的出土，它最為鼎盛光輝的一頁，也展現在世人眼前，使我們了解到中山國不為人知的歷史。

活學活用

得志

酒店大廳裡，意氣風發的A君正在向各處敬酒，因為他在職場深耕多年，終於當上某跨國連鎖企業的亞太區執行長。

在慶祝酒會上，他的兒時好友B君笑吟吟地走了過來，從口袋裡掏出一個小禮物，A君打開一看，原來是一方刻有「得志」二字的玉製印章。

他看了之後，苦笑了一下，對B君說：「喂喂喂，你這是在詛咒我嗎？是沒聽過少年得志大不幸喔？」

這時B君只是冷冷地回了他：「你，還算少年嗎？都五十八歲了。」又頓了一下，B微微笑著說：「傻瓜，在我心中，你是永遠的少年。」

「得志」印

同場加映

小邦周劇場

吉 祥

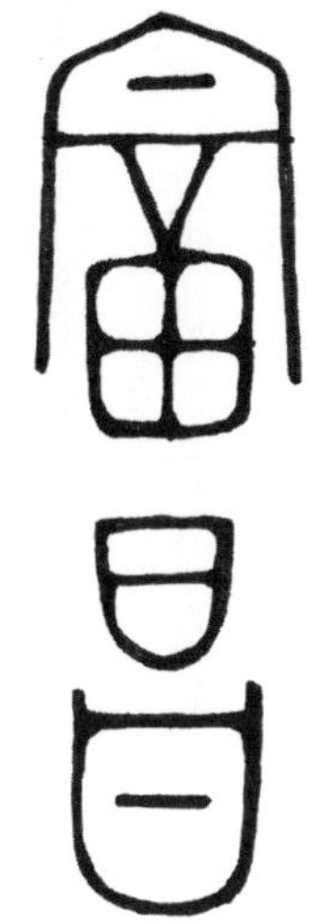

富昌

五世其昌

吉祥話的原形

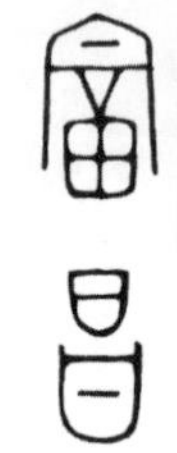

吉祥話的出處

「富昌」一詞光是字面就讓人喜聞樂見，不用懷疑，這也是戰國時代人氣頗高的吉祥話，畢竟無論財富、昌盛都是人人想要追求的目標。「富昌」的變化形態也不少，可以是簡短到只有一個字的「昌」、兩個字的「宗昌」或是五字的「千秋萬世昌」，甚至也可以像漢印「大富貴昌，宜為侯王，千秋萬歲，長樂為央」。落落長的夾帶各種願望，不只是要大富貴，最好還當上大官，然後長命百歲，永遠快樂。雖然說這反映了當時人們對幸福的渴望，不過漢代人似乎有點太貪心了呢！

吉祥話的涵義

「富昌」的涵義當然就是希望自己能大富大貴、昌盛發達，雖然不難理解，但是關於富、昌兩字的淵源卻是很有意思。

「富」字出現得很早，甲骨卜辭中就可以看見，寫成从宀从酉的樣子，只可惜出現「富」字的句子都太殘缺了，我們無法確認這個字在甲骨文裡的涵義。

金文裡的「富」字就寫得和今天一樣，从宀从畐，事實上，酉、畐都是酒樽、酒罈的形狀，而宀是屋子，象徵著滿屋子的酒。在古代只有貴族或是富裕的人有釀酒的餘糧，或是有多餘的錢財可以買酒，因此以家中有酒來表示富裕的意思。金文所見的「富」就已經是富裕、富貴的意義，戰國時代的青銅器中山王鼎銘文就說「而毋大而肆，毋富而驕，毋眾而囂」，這裡當然是指不要因為富裕而驕傲。

類似的說法也見於戰國竹簡或傳世文獻，像是《上博竹書五．弟子問》就有「富貴而不驕」，而《論語．學而》也有「貧而無諂，富而無驕」。由此可見，戰國時代的人雖然追求富貴，但也常常勉勵自己應「富而無驕」。到了漢代，《馬王堆．老子乙本卷前古佚書》第一一五行出現「富者則昌」的說法，把富和昌兩個概念結合在一起，可以說是吉語璽「富昌」的另一種版本。

相較於「富」字涵義的穩固，「昌」字的意義變化就較明顯。「昌」字从日从口，學者認為是指太陽出來時呼喚大家起身工作的叫聲，是歌唱的源頭，所以「昌」可以視為「唱」的初文，本來就是跟叫聲、喊聲有關，不過這個意思在金文就已經看不到了。金文是表示昌盛、繁盛的意思，像是春秋晚期的蔡國青銅器蔡侯盤就有「子孫繁昌」的說法。

總而言之，「富昌」這句吉祥話從很早以前就擁有很好的涵義，到了戰國時代，這種祈求自己富裕、昌盛的願望更加強烈，而人們甚至開始將它契刻在隨身攜帶的小印章上頭，時時刻刻祈求自己能達到這樣的人生目標。

吉祥話小故事

富昌，在春秋戰國時代並不只是代表個人人生中的富貴昌盛，有時候還希望是家族運勢的興旺，更多時候，「子孫繁昌」才是當時的人們真正祈求的願望。因此，我們很少在古籍上面看到「富昌」一詞的運用，更多的時候是用「子孫昌之」來形容，接下來就為大家講一個後代子孫昌盛的故事。

春秋時代，齊桓公曾經想找陳完擔任「卿」的工作，可是這位陳完是從陳國逃難到齊國的貴族，他認為自己的戴罪之身實在不適合這份高貴的工作，於是便婉謝了齊桓公的請求。陳完婉拒時的說詞實在講得很漂亮，可以說是拒絕藝術的展現，值得讓後代人拿來學習，因此連《左傳》都記載下來。他說：「像我這樣流亡在外的臣子，有幸能在寬大的政治下，沒有因為流亡而得到教訓，甚至避免獲罪，已經是主上的恩惠了。我得到的實在太多，哪裡敢再接受這個高貴的位置，汙辱了君主，又使您遭到百官的毀謗呢？謹讓我冒昧的以死相告吧！《詩經》說：『眾多又高大的車子，用弓來招呼我，難道是我不想去嗎？是害怕我的朋友們。』」齊桓公聽了很是信服，於是就讓陳完擔任職掌百工的工正。

某一次，陳完邀請齊桓公到他家喝酒，桓公喝得很開心，天黑了以後還說：「點個蠟燭繼續喝吧！」這時陳完卻拒絕了，他說：「臣只知道白天招待主上喝酒，不知道晚上還要繼續陪飲，行事以前沒有進行占卜，臣子可不敢貿然繼續招待主上了。」在古代，臣子請君主吃飯喝酒，需要先進行占卜。陳完會這麼說，顯示他非常懂得君臣之間的禮節，而且還能夠適時的勸戒長官，也被人稱讚他十分知禮，可以說是仁人的代表。

陳完的知所進退，得到當時人們的讚賞，甚至認為這對他的家族將產生很深遠的影響。而這件事情，在很久以前就有徵兆，當初有意與陳完家族結為姻親的陳國大夫懿氏，就派人占卜，結果是「吉」。占詞上說：「這是所謂鳳凰于飛，和鳴鏘鏘，有嬀之後，將育于姜，五世其昌，並于正卿，八世之後，莫之與京。」這段占卜除了告訴懿氏與陳完結親必然有好的姻緣外，也暗示了陳完家族的子孫必然昌盛不絕，五世以後能出正卿，八世以後就沒有人能再跟陳氏競爭了。陳完家族的發展，最後果然如同這次占卜的預言。陳完的第五世孫陳無宇確實成了齊國的正卿，而八世孫陳桓甚至殺了齊國國君齊簡公，形成日後陳氏竄齊的基本態勢。

藉由這個小故事，我們可以看到古人心中的「富昌」通常不只是個人的功名利祿，有時候更是指涉整個家族的發展。這當然也跟古代社會型態有關，畢竟在階級分明的時代裡，個人的發達常常與家族興盛與否有著緊密關係，而有時一個人的作風也可能影響整個家族的財富與地位，從陳完的故事，我們或許可以稍稍了解子孫富昌對古人的意義究竟是什麼。

「富昌」印

活學活用　富昌

海鮮餐廳裡，總經理跟所有員工推薦餐廳的招牌菜，他說：「我上回來的時候，吃到了一道非常特別的料理，叫做『五柿其鯧』，上面有白鯧魚，還有五顆又大又飽滿的柿子，你們一定要試試。」

員工們從善如流點了這道菜，沒想到上菜以後，不但沒有白鯧魚，更沒看到那五顆柿子，只看到一塊白白的虱目魚肚。大家都很傻眼，拿著這道菜質問餐廳老闆：「說好的五柿其鯧呢？怎麼沒有柿，也沒有鯧？」

老闆這時爽朗的哈哈大笑，說：「唉唷！不好意思啦，因應國際原物料上漲，本小店的菜單也做了小小的調整，你們不要著急，等吃完虱目魚肚以後，就會看到盤子裡畫著又大又飽滿的五顆柿子啦，這部分我是不會虧待你們的啦，這是我今年特別去訂製的盤子捏！這道菜就叫做『五柿腹昌』啦！」

同場加映

小邦周劇場

吉 祥

宜禾

返鄉小農的樂土

吉祥話的原形

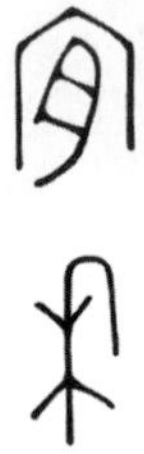

吉祥話的出處

「宜禾」是希望年穀豐收，也可以算是一種對財富的追求。戰國璽印中，由「宜×」組成的吉祥話可說是經典百搭款，樣式相當豐富，像是對王的祝福可以叫做「宜王」、希望官位安穩可以叫做「宜官」、想要發大財或是多子多孫多福氣，則可以使用「宜生」，或像之前提過的「宜千金」、「宜有百金」、「宜有萬金」等等，甚至祈求出門遠行一切平安順利，也可以使用「宜行」。這類「宜×」的吉祥話，基本反映了戰國時代的各種願望需求，從收成、仕途、財富到旅途等方方面面，可以說是我們認識戰國人們思想的一個很好的管道。

「宜王」印

「宜禾」印

「宜生」印

「宜行」印

「有千百萬」印

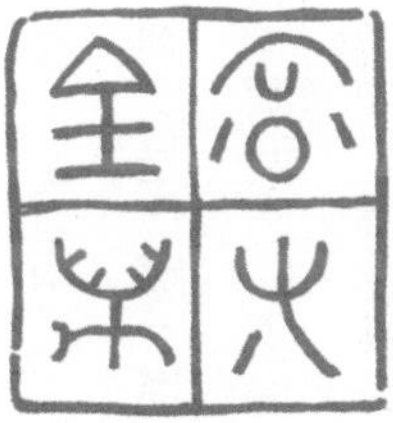

「宜有萬金」印

吉祥話的涵義

「宜禾」的涵義從字面上思考，就是希望能夠收成豐富，風調雨順。

「宜」的意思很有趣，《說文》說：「宜，安也。从宀之下，一之上，多省聲。」所以「宜」有安穩、安適的意思。不過，在古文字中的「宜」卻有截然不同的涵義，就讓我們來看看甲骨、金文中的「宜」長什麼樣子吧！

甲骨文中的「宜」其實長得和我們所寫的不太一樣，是呈現「」的樣子。讀者可能會懷疑，這個像是葫蘆造形的東西到底是什麼？根據學者的研究，「宜」原本从且从二肉，像是在俎案上放了兩塊肉的畫面，俎案就是類似現代的砧板或是火鍋店擺肉的小木盤，兩塊肉之間還被一個闌界隔開。「宜」字本來的意義和祭祀有關，是指把牲肉放在俎案上，後來演變成一種祭典的稱呼，也可以表示熟的肉類，引申成菜餚、佳餚。

看到這裡，讀者一定覺得很奇怪，原本指涉食物的「宜」字，怎麼會變成和安穩、美好有關的意思呢？這個轉彎也轉得太大了吧！其實也沒有這麼嚴重的，大家可以想想看，當我們吃到美食的時候，心情是不是會覺得很美好、很愉快呢，彷彿世界上煩人的事情都可以暫時不用管，只要享受當下的美妙滋味就好了。古人當然也是如此，熟肉對他們來說也是難得的美食，這些佳餚若是準備得很完備，不但在祭祀的時候可以得到先人的庇佑，也可以讓大家吃得很愉快，自然就有合適、合宜的意思出現了。

至於「禾」字也出現得很早，在甲骨文中就泛指一切的穀物，有時候甚至可以和「年」通用。我們會在甲骨裡面看到「受禾」的說法，這也是有關農作物收成好壞的占卜，而從這裡可以知道，從「受禾」到「宜禾」都是表明中國古代非常重視農業收成，畢竟唯有農業收成得好，人們才能夠吃飽喝足，有力氣工作。因此不管是哪個時代的人們，在達成一切願望之前，一定要先祈求「宜禾」，如此一來，它就不僅僅是單純的吉祥話，更是一種深切且重要的盼望。

吉祥話小故事

自古以來，農業就是深深影響著人們生活的一件大事，無論是「民以食為天」或是「以農立國」，乃至於「受禾」、「宜禾」都可以看出古人這個重要的祈禱，畢竟沒有吃飽，什麼事情都做不好呀！學者很早就發現了這個事實，因此關於古代農業的相關研究也很豐富，這裡我們則是想藉著「宜禾」，來跟大家談談更久以前的農業是什麼樣子，也就是甲骨文中的商代農業。

說到商代農業，相信大家最好奇的就是商朝人到底都吃些什麼東西呢？如果隨便地想像一下，可能腦海中馬上浮現「酒池肉林」的畫面，彷彿商朝人就是個大口吃肉、大口喝酒的快樂民族（？）。當然不是這樣的，「酒池肉林」只是後人用來諷刺商紂王荒淫無度的形容詞，商朝人怎麼可能這麼好，天天都有酒喝又有肉吃呢，絕大部分的人們可能都活在生存線邊緣，就算運氣很好沒餓死，頂多也只有一些農作物可以吃，那麼我們就先來看看商朝人能吃些什麼吧！

在甲骨文中，最常看到的農作物是「禾」，它可以單純的指小米，也可以泛指一切農作物，我們可以在卜辭裡面常常看到商代人祈求「受禾」，就是希望農作物能夠豐收。除此之外，甲骨文的「年」字从禾千聲，而「年」的本義是收成，象徵收成的字選擇以「禾」作為偏旁，這反映出「禾」在古代農作物中的重要性。

再來，甲骨文也很容易看到的農作物還有「黍」，學者認為穀子的穗是聚而下垂的，所以「禾」寫成「」形，而黍子的穗是散的，所以寫成「」形，能夠很明顯地分辨兩者的不同。雖然說「禾」是一切農作物的泛稱，可是商代的統治者卻是最重視「黍」的種植，從卜辭裡面可以知道，商王曾經到領地親自參加種黍和收黍的活動，並且用獲得的黍來祭祀祖先。不僅如此，商代的某些祭祀只使用黍或者是黍釀成的酒，所以學者推測，黍大概是被商朝人視為最高級的一種作物，而這種農作物可能只有貴族才能當作主食，一般平民百姓大概沒有這種口福了。

第三種農作物是大家熟知的「麥」。從字形的角度來看，「來」才是麥子造形的本字，「來」字中間是麥梗，橫畫和兩旁「人」形是下垂的麥穗及葉子，下部的兩撇是根。可是呢，在卜辭裡面的「來」通常都表示來去的「來」義，原本的麥子意思在這時候已經丟失了。那麼誰承擔這個麥子的意思呢？居然是原來要表現來去之意的「麥」字，麥子的「麥」下方有個「止」形，很明顯是想要表現與行走有關的意思，可是呢，在甲骨文裡面幾乎都表示麥子或是地名了。根據卜辭可以知道，商代有一種活動叫做「告麥」，這種活動的具體內容不得而知，有學者認為是諸侯來向商王報告麥子豐收，也有學者認為是商朝邊境的臣子去窺視敵人的麥田生長情況，回來向商王報告，以準備發動掠奪。不管如何，麥子在卜辭中並不常見，提到的次數不如禾、黍那麼多，可能不算是一種非常重要的農作物吧！

經過以上的介紹，對於古人所吃的食物是不是有一些了解呢？其實不只有這些，還有很多其他的食物能透過文獻或者是考古文物進一步認識，若是大家有興趣，可以再找相關資料查閱喔！

活學活用

宜禾

傍晚吃完晚飯以後，媽媽跟女兒說：「跟妳說，我明天跟里長辦的旅遊團去玩，妳知道我們要去哪裡嗎？」

女兒說：「妳們如果不是去爬山，就是去看湖，有什麼特別的？」

媽媽：「你不要瞧不起我們這個里，我告訴你，明天我們要去『頤和園』。」

◎頤和園，北京，清朝時期皇家園林。

女兒說：「蛤？去北京？是要去幾天？」

媽媽說：「兩天一夜就回來了，里長說就是去走走看看吶，而且妳知道嗎？只要兩千塊捏。」

女兒說：「怎麼可能，哪有這麼便宜啦！」

媽媽說：「不信，妳等著瞧。」

過了兩天，媽媽回家了。

女兒對媽媽說：「怎樣，『頤和園』好玩嗎？」

媽媽臭著臉說：「什麼『頤和園』，根本不是北京那一個啦，是帶我們去鄉下的『宜禾園』體驗農耕，拔菜餵蚊子，真是氣死我了！」

同場加映

小邦周劇場

吉 祥

宜官

當官這件事兒

吉祥話的原形

吉祥話的出處

「宜官」是反映當時人們對「當官」一事的璽印吉祥語。由於戰國時代布衣卿相，只要你肯努力，培養遊說能力，隨時都有出頭天的機會，比起講究出身階級的西周春秋時代，此時即使只是個普通人，也可以擁有成為官吏的美好願望。戰國璽印中，這類反映仕途的吉祥話並不少，除了「宜官」以外還有「宜王」、「宜事」、「宜位」、「慎官」、「慎事」、「安官」、「長官」、「敬官」等等，可見人們不只希望當官，還追求這官位要當得好，當得謹慎，當得安穩，當得長久，最好就是可以做好做滿，別辜負了人民和自己的期望。

「慎官」印

「宜官」印

「安官」印

「慎事」印

「敬官」印

「長官」印

吉祥話的涵義

在現代民主社會裡，儘管公務人員的本質應當是人民的公僕，但卻總不乏耍官威、耍官腔的行徑，這時總讓人氣憤難耐，也會想起周星馳電影《九品芝麻官》的經典台詞：「這票什麼人？官哪」！

沒錯，「官」總是讓人又愛又恨，民眾總是期待有位好官率領大家解決各種疑難之事，然而這些官員卻也一次次的讓人失望，甚至流露各種醜態。不可否認的，「官」在華人社會的存在由來已久，影響著我們的生活，甚至是價值，雖然各種批評「官」的聲音不斷，但還是有許多人汲汲營營追求當「官」。「宜官」可以說是展現這種風氣與想望的吉祥話典範，而在此之前，我們得先來討論「官」的意義究竟是怎麼形成的。

官，《說文解字》：「官，史事君也。从宀从𠂤。𠂤猶眾也。此與師同意。」後來段玉裁覺得「史事君」講不通，於是改為「吏事君」。「官」在文獻裡面的解釋就是侍奉君王的人，這樣的說法固然很好理解，不過大家想必還是很好奇，「官」字為什麼會這樣寫呢？這時候，我們得先把眼光拉回殷商王朝。

甲骨文裡的「官」寫成「」的造形，如同許慎分析的从宀从𠂤，「𠂤」就是「師」的初文，表示軍隊的意思，而軍隊是由一群人組成，所以「𠂤」也可以引申為眾人。這是一幅眾人在屋宇底下開會的場景，不難想像在任何民族或團體裡，能夠參與會議的人往往具備特殊的資格或身分，因此「官」就引申成為官署，或是朝廷討論、治理事情的地方。

在甲骨文的用法裡，「官」似乎還是個普通的地名，可是到了西周金文就有比較明確的官署、官職的意義。在競卣（ㄧㄡˇ）這個青銅器裡提到「競格于官」，意思就是說「競」這個人來到了官署。此外，「官」也有管理的意思，在頌簋裡就可以看到周天子命令「頌」負責「官司成周賈」，就是負責管理成周的商賈、商人。從這邊就可以看出，「官」在西周時期的用法就逐漸明朗，到了戰國時代就更加穩定，像是《禮記．曲禮下》「天子之五官：曰司徒、司馬、司空、司士、司寇」，這裡的「官」

和今天的用法已經沒有什麼不同。

看到這邊，是不是稍稍了解「官」字演變的歷史呢？但是呢，「官」字的歷史好講，「官」可是從古至今都不好當的。所謂的公正不阿和勤政愛民之間的界線該如何拿捏，也許是所有官員最頭痛的事情吧，以下就來看看有關當「官」的吉祥話小故事。

吉祥話小故事

從「宜官」一語可以看到，戰國時代的人們有個想望，就是當一個好官，一個盡忠職守的官員，然而怎樣算是一個好官？究竟是依法行政、講究效率的行政官僚，還是通曉人情、貼近人心的父母官員呢？又或者這兩者必然是衝突的嗎？關於「官」的探討，最有名的就是來自《史記》的〈循吏列傳〉以及〈酷吏列傳〉了，這裡就講幾則故事來讓大家看看，古代的「官」是什麼模樣。

在《史記・循吏列傳》裡，太史公司馬遷就說：「法令是用來引導人民向善的，刑罰是用來禁止人民作奸犯科的。」真正的循吏，是能夠順著正道，奉行職守，也可以把地方治理得很好的官員。從戰國時代到漢代，官吏們逐漸習慣奉行法令做事，而程度的拿捏、手腕的好壞，常常隨著不同官吏而有巨大落差，〈循吏列傳〉所舉的例子，多半是能夠以高明手法來達到目的的官員。

楚國著名的令尹（按：楚國最重要的行政長官）孫叔敖，就是擁有高明政治手腕的官員。傳說他擔任令尹的期間，楚國人民流行起一種低底盤的馬車，但是楚莊王覺得這種低底盤馬車實在很不方便，便想要下令規定把底盤拉高。孫叔敖得知這件事情後，便向楚王表示：「我們的法律這樣改來改去，又規定很多瑣碎的事物，會讓人民不知所措的。如果大王真的希望人們能把馬車的底盤加高，那我建議大家把鄉里的門檻給加高，因為能夠搭車的人多半是貴族，貴族的車如果無法通過門檻，就得常常下車，那麼自然就會把底盤加高了。」楚莊王聽了覺得很有道理，便按照孫叔敖的方式去進行，果然，半年之後楚國馬車的底盤就變高了。

孫叔敖能夠在不得罪人民、不影響政府聲譽的情況下，協助楚王達到目的，不得不說他的政治手腕很是高明，因此得到司馬遷的推崇。然而在古代還有一批官員是奉行嚴刑峻法，十分剛正不阿的，有時甚至因為過分的依法行政，而造成無法挽回的悲劇，那就是傳說中的「酷吏」。

郅都是漢朝有名的酷吏。他在擔任濟南太守的時候，當地有姓瞯（ㄒㄧㄢˊ）的大宗族，無惡不作，欺負鄉里百姓，連一般在地官員都拿他們沒辦法。沒想到郅都一上任，就立刻誅殺瞯氏全族，以及那一郡最壞的惡霸，讓所有人都嚇破了膽。因此大家都變得很乖巧，沒有人敢做壞事。一年以後，濟南郡路不拾遺，而附近的太守也都很害怕郅都，對待他就像對待上級長官那樣恭敬。

郅都這個人雖然殺人如麻，對付惡霸毫不手軟，甚至超越法律的規範。但是他當官卻很廉潔，不隨便接受關說，也不接受別人的餽贈，可說非常嚴以律己。後來，郅都官位升遷為中尉，負責審理皇帝宗親臨江王劉榮的案件，臨江王當時想寫信，郅都卻下令不准給刀筆（古代寫字是用刀刻木為書），後來有人偷偷拿給他，而臨江王寫完這書信後，就自殺了。這個事件展現郅都比較不通人情的一面，也因此讓他得罪了當時的太后，最後郅都就因此斷送了小命。

二十一世紀的今天，雖然各國都標榜民主開放自由，但也出現不少問題，因而有人開始嚮往或懷念這樣雷厲風行、手腕殘忍的政治人物。但是，怎樣的作風才是真正的好官員呢？

「宜官」兩個字看起來易寫、易懂，但是怎麼做才能成為人們心中真正的好官呢？

這些問題，也許就只能留待各個時代的人們自己去找到答案了吧！

活學活用　宜官

選舉的時節要到了，某聯盟的黑道大哥召開記者會，宣布要投入這次的選戰。

記者問他：「貴聯盟從來不參與政治，您這次怎麼會決定參選呢？」

大哥語重心長地說：「事情是這樣的，就在上個月的時候，我連續三天做了一樣的夢，夢中有個關渡阿嬤拿著水筆仔給我，我覺得很納悶，仔細一看，才發現水筆仔上面寫著『宜官』兩個字，我想這是上天給我的啟示。」

記者表示：「所以，這就是您參選的契機嗎？」

大哥表示：「沒錯，我一定會奉獻畢生所學，做好做滿，服務選民一輩子的。」

同場加映

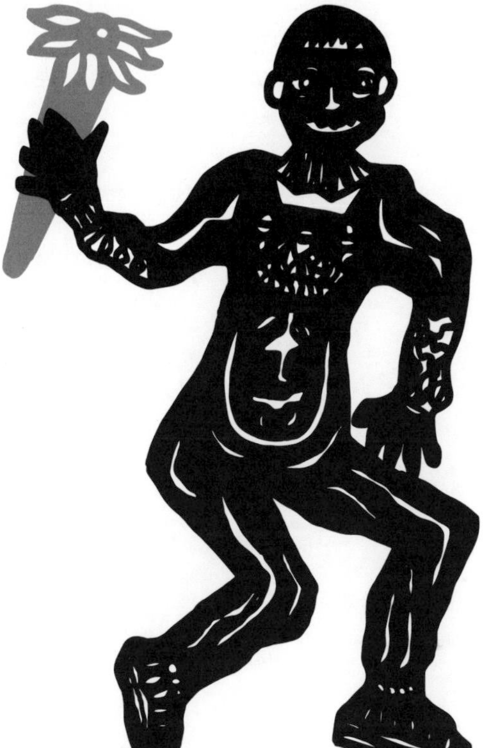

小邦周劇場

吉 祥

敬事

謹慎小心，面對人生

吉祥話的原形

吉祥話的出處

「敬事」是戰國璽印裡相當常見的文字，有人認為這屬於吉語印的一種，也有人更細緻的將它稱為箴言印。無論如何，「敬事」應該都是戰國時人對自己的一種期許和要求。從「敬事」衍生出來的變形體也很多，像是尊敬上司長官的「敬上」，尊敬年歲大的長輩則有「敬老」、「敬壽」，對天命、職守尊敬的「敬命」、「敬守」、「敬位」，或是要求自己「敬文」、「敬身」、「敬行」、「敬之」等等，是不是覺得戰國時代的人們也太辛苦了，這個也要「敬」，那個也要「敬」。這當然和戰國的時代氛圍有關連，而承接著西周春秋以來的傳統，「敬」也可以說是對於一個人很重要的要求，究竟「敬」的觀念是怎麼出現，又是怎麼落實在古人生活的各處呢？以下就讓我們來一探究竟吧！

吉祥話的涵義

「敬事」的涵義其實不難理解，就是希望做事時懷抱著恭敬謹慎的心情，好好面對，不要馬馬虎虎亂做一通。

「敬事」這個詞彙在文獻裡面很常見。《尚書・立政》就說要「敬事上帝」，也就是抱著恭敬的心好好服侍上帝（大家不要誤會，此上帝非基督徒信仰的彼上帝呀）。在古代，「敬事」不只是做好自己分內的工作，要「敬事」的對象有百百種，除了上帝以外，還得要「敬事其君長」（《禮記・表記》）、「敬事神」（《左傳・哀公十六年》）、「敬事天」（《墨子．法儀》），總之，就是要對比自己高位的人事物都抱持著恭敬謹慎的心。

如果一個古代貴族能夠好好面對自己的人生，不偷懶、不苟且，據說就會得到很多好處。《禮記．表記》告訴我們，如果一位君子能夠敬事，那就可以「上不瀆於民，下不褻於上」，用現在的話說，就是老闆不會壓榨員工，員工也不會不爽老闆。《左傳》也說：敬事神，就可以得到祥瑞，並能聚集人才和財富。《論語》甚至告訴讀者，有機會統治一個小國，若能敬事、誠信、節約、愛民，就自然而然能夠得到人民的愛戴。

那為什麼古人這麼強調「敬事」呢？事實上，它也可以看作是古代「敬天」觀念的延續。從商朝開始，人們相信只要好好祭祀上帝以及神明，就可以換來國家的穩定、政權的長久。到了西周，人們發現商朝人即使舉行了很多鋪張浪費的祭祀，還是被推翻政權，於是開始思考怎樣才能夠延續這個得來不易的天命，而最後，周朝人想到的方式就是要小心翼翼、戰戰兢兢地做好自己的本分。如果每個人都能夠安分守己，恭敬地完成自己的職守，那麼國家社會自然可以穩定地運作下去，而這樣的觀念到了戰國，也就演變成人們用來勉勵自己的箴言了。

吉祥話小故事

「敬事」一語，對古人來說是面對自己職守的重要態度，直到今天，我們也還是會對於盡忠職守，恭敬面對自己工作的人，給予表揚或尊敬。這件事情雖然很好理解，但在古代貴族身上，有時候「敬事」也是一份沉重的負擔，甚至是枷鎖，例如晉國的太子申生，就是一個很好的例子。

太子申生是晉獻公的長子，他還有一位著名的弟弟——晉文公重耳。剛開始的時候，晉國公室還是個和樂融融的大家庭，但這一切卻在晉獻公娶了驪姬之後開始改變。驪姬和她的妹妹分別為獻公生了兩個孩子，也就是奚齊和卓子，晉獻公因為寵愛驪姬，於是想廢黜申生的太子之位，儘管有些大臣反對，但晉獻公還是執意如此，因此展開了申生不幸的後半生。

根據《左傳》和《國語》的記載，晉獻公可能在驪姬的各種鼓吹和煽動之下，展開一連串惡整太子申生的事件，其中比較嚴重的事件，是讓申生去討伐東山皐落氏的戰役。當晉獻公選定好出征的人選時，大臣里克就曾經規勸過，認為太子是儲君，率兵打仗不是太子分內之事，不應隨便離開朝廷到外地出征。可惜，晉獻公並沒有採納里克的建議，反而悠悠地說：「寡人的孩子，還不知道誰才會被立為太子呢」！

到了出征那一天，率領軍隊的太子申生竟然穿著一件左右顏色不相同的衣服，配戴青銅製作的玦。這顯然是晉獻公賞給太子的禮物，可是這兩件禮物卻有著戲謔的意思，一件顏色左右不相稱的衣服會使申生的權威盡失，也讓晉軍顯得無比可笑；一件青銅製的玦，似乎也暗示著申生沒有資格配戴真正的玉玦。臣子們看著眼前的景象都傻了眼，不知道如何是好。

臣子先友搶先為申生找臺階下，說這衣服有一半的顏色和國君一樣，配戴金玦又是掌握大軍的意思，此行必定安然無恙。但另一位臣子狐突卻不這麼認為，他說：「衣服服色，是表明每個人的身分貴賤；配戴的飾物，是配戴者德行的象徵。若想恭敬地面對職守，衣服配飾都是要符合法度的，今天下令的時機、穿著的衣服、配戴的飾品都不合節度，表示主公心中已經不再重視太子了。」申生在眾人你一言，我一語的聲浪中，雖然也動搖了心志，但最後還是出兵攻打東山皐落氏，並順利取得勝利歸返。

凱旋歸來的申生並沒有因此得到晉獻公的歡心，反而一次次的被無視、被陷害。最嚴重的一次，是申生致送了祭祀後的胙肉給晉獻公，沒想到驪姬在祭品做了手腳，使得沾了酒的土地隆起，吃到肉的小狗暴斃。這個場景激怒了晉獻公，深信申生對他圖謀不軌，於是派人追殺申生，申生走投無路只好選擇自盡，自盡前甚至派遣小臣去向狐突道歉，後悔自己當初沒有及早聽從狐突之語提高警覺。過世後的申生得到諡號「共君」，「共」有「恭敬」的意思，表示他敬順事上，即使遭到父親與繼母的迫害，仍然恭敬地事奉君長。

申生的「敬事」最後以悲劇收場，我們也許同情申生的處境，也許未必認同他的所作所為，但是通過他的故事，我們仍然可以看到一位古代貴族是如何面對自己的身分及職守，同時從中感受到對於「敬事」的自勉。

活學活用

敬事

紫禁城裡，一位掌事太監終於有機會升官了，這次被拉拔到皇上身邊當總管大太監。這時有個眼色明快的小太監，趕緊差人做了一幅匾額，上頭用隸書寫著「敬事」兩個大字，可惜這位掌事太監識字不多，不認得這兩個大字，只好請人念給他聽。

沒想到，他聽完立刻勃然大怒，罵道：「說什麼『淨事』，你是在諷刺我會淪落到當淨事房的掌事太監嗎？」

小太監嚇得瑟瑟發抖，直喊冤枉，可惜最後還是沒能讓掌事太監息怒，便被貶到慎刑司當奴隸了。

同場加映

敬事淨事

小邦周劇場

吉 祥

得眾

我是萬人迷

吉祥話的原形

吉祥話的出處

在戰國時代的璽印裡，得眾是比較特別的一類吉祥話。一般來說，吉祥話往往是延續西周以來的傳統：求福求壽。春秋戰國以來，因為生產技術的進步，商業經濟的發展，產生了一些大商人如陶朱公、白圭、呂不韋等人，追求財富之類的吉祥話也如百花般盛放。不過，正如某位「善於經營」的校長說過的：「真正的財富不是只有金錢而已」，得到眾人擁戴也是人生成功的目標之一。在戰國璽印裡還有「宜士和眾」、「宜有君士」這類吉祥話，在當時濃濃求財的銅臭味中，還能有一股人與人之間的溫和馨香潺潺流出。

吉祥話的涵義

得眾，即獲得眾人擁戴。《論語．陽貨》中記載，子張詢問孔子什麼是仁，孔子說能做到五件事，就算仁。這五件事是：恭、寬、信、敏、惠。孔子解釋道：「恭則不侮，寬則得眾，信則人任焉，敏則有功，惠則足以使人。」一個人若能恭敬自重，不傲慢不嘴砲，就不會被別人欺侮。若能寬厚待人，不要刻薄刁難人，就能得到眾人擁戴。若能講信用，一諾千金，就能獲得他人信任。若能勤奮做事，則容易成功。對別人施惠示好，就可以得到他人效力。

「眾」字在甲骨文寫成「」，像太陽下有三個人的樣子，三人為多，也就是多人、眾人的意思。到了西周時期，「日」就跟「目」搞混

了，寫成了現在這樣上面是個「目」的眾字。

這個看似簡單的會意字，卻一點也不簡單，其背後甚至隱藏了爭論許久的問題。這個問題，更有可能改變我們對古人的想像。

吉祥話小故事

故事要從一條甲骨文說起：

戊寅卜，賓貞：王往以眾黍于冏。

用白話文來說，就是在戊寅這天由算命師賓哥占卜，王派遣「眾」去冏這個地方種田。在甲骨文中，常見到「眾」被使喚來使喚去的，有時去種田，有時去打仗。有些學者認為這些曝曬在太陽底下勞動的人就是奴隸，甚至主張這個時期就是個奴隸制社會。於是一幅鞭打奴隸勞作的殘酷畫卷，在我們的腦海中展開。

但是，事情沒這麼簡單。在甲骨文裡，商王會在分派任務出去後，占卜是否會「喪眾」。如果是低賤的奴隸，商王實在沒必要消耗查克拉去算命過問吧？支持奴隸制的人會說，喪眾，喪失意思是逃亡啦！為了反駁這個反駁，於是否定商代的「眾」是奴隸的人又指出，甲骨文中地位更低的僕、執、臣、妾都沒用喪啊！商王雖然很重視奴隸勞動力，奴隸逃亡是「逸」，不是「喪」。

而要反駁這個反駁的反駁，支持奴隸說的人可能會找出一片「眾作耤，不喪」的卜辭，說這可能是派奴隸出去「耤（ㄐㄧˊ）」（耕種）田地，算一下他們會不會逃走？然而這也絕非鐵證，要反駁這個反駁的反駁，學者會找出另一片甲骨文，上面有「土方侵我田十人」這樣的記載。這條記載的意思是：「敵國土方入侵我國屯墾區抓走了十個人」。這說明了當時派出去種田，並不是很輕鬆的事，可能類似於屯墾，遇到敵國侵犯並非意料之外的事。所謂喪眾，也有可能是派出去屯田而被敵軍的打野抓走，未必就是奴隸逃亡。

「眾」在商代是一種特別的社會群體，在商王麾下也有直屬御前的「王眾」，在一片甲骨文上，商王曾卜問派御前王眾去各地戍守是否會受創，似乎頗為重視。既然「眾」地位遠遠超過奴隸，那為什麼又要派去耕田呢？反過來說，不是奴隸為什麼就不用耕田呢？猶如後世屯田一般，商王派遣麾下的眾前往屯田守邊，有些時候還會幫忙打打獵。

這些人不是世家大族，否則應該會用族氏名來稱呼他們，如黃族。也不會是與商王血緣親近的王族，因為卜辭中就已經有王族這個稱呼了。那麼答案便呼之欲出了，也就是既非世家大族，也非低賤奴隸，而是在兩者之間，類似於平民階層的群體。這些「眾」依附在較大的家族之下，如商王室，為其效力。

「眾」雖然是類似平民的群體，但在《尚書．盤庚》中，卻給商王帶來不小的麻煩，為什麼呢？這個故事要從商代的都城改造王——盤庚說起，而從故事中，我們也能看到王與「眾」的關係究竟如何？

商王盤庚準備遷都到今天安陽殷墟附近，但人民不想搬家，於是一時抱怨迭起，民調直直下滑。盤庚在群組和論壇裡看到太多莫名其妙指控、抱怨、批評、酸文，只好大發慈悲地親自教育無知的愚民。

盤庚找了個機會，把「眾」集合起來，開始玉音放送：

「來來來！你們都給我過來！我要給你們好好的機會教育一番！收起你們那點小心思，平心靜氣聽我說。你們不肯離開舒適圈，又傲慢得目無君上。先王曾經與大家討論政策，一切公開透明，沒有失言，大家也都聽命改革。奇怪了！今天你們怎麼意見那麼多？造謠的造謠，傳假新聞的傳假新聞，這要我怎麼跟你們討論公共政策？不是我不想學習先王的美德與眾人共商大事，是你們先捨棄了議政應有的基本美德，不願跟我好好的議政……」。

盤庚的訓話文稿，時而痛陳眾人冥頑不靈，時而婉言相勸，既表明自己是為大家好，又訓誡眾人要好好想清楚。如果這些人是奴隸，商王根本無須如此苦口婆心。而訓話中也有一段是這樣說的：

「我是顧念開國先王成湯與各位的祖先一起打拚出這個天下的啦！如果不能帶各位搬家，前往那個流著奶和蜜的新家樂土，我就大大的失職啦！對不起先王啦！讓各位在這個爛地方久居，無法搬到新家過上好日子，我真的很怕先王成湯會說我虐待跟他一起打天下的好兄弟的子孫，會把我抓起來天打雷劈欸！還有啊！不只是我，你們不跟著我好好地幹，給我扯後腿，成湯也會說你們不好好幫助我的子孫，定要大大懲罰你們啦！看看各位現在這種造謠生事、扯後腿、反改革的德行，受到神罰天誅我一點都不意外，看你們能鐵齒多久。

先王跟你們的祖先一起打天下，你們都是我照顧的臣民，你們卻亂傳謠言，包藏禍心。我的先王對你們的祖先照顧有加，就算你們的祖先看到你們被天罰，也只會覺得你們活該，決不會拯救你們……」。

從這邊可以看出，開國時的王與眾，像創業夥伴一樣親密，若眾是奴隸的話，絕無可能說出如果無故虐待眾，王也會遭受天罰這樣的話。不過，要說他們與王有多親密也未必，除了他們在甲骨文要種地生產與戍守邊區外，盤庚對他們的態度，也是比較嚴厲且高高在上的。

貴族養尊處優，營養攝取肯定較平民奴隸要好得多，加上妻妾成群，一代代下來開枝散葉，不能繼承到土地的小宗的小宗的小宗也越來越多，也就是「眾」。這些人與商王只有非常稀薄的血緣關係，還依附在王室的統治下，為王勞動生產、服役打仗。這些小民雖然地位不高，卻也能在盤庚搬家時，給高高在上的王造成不小的困擾，甚至逼得他要開會訓話。套用到現代的話，政治人物要得眾，公司老闆要得眾，對所有管理者來說，「得眾」也可說是一件值得期盼的事。

「得眾」印

活學活用　得眾

選戰接近尾聲，各家封關民調紛紛出爐。一路被媒體、網路鄉民看衰的某黨候選人仍堅持……不斷地失言，並且信心堅定地認為自己一定會贏得選戰。到了投票前一天，記者掄起麥克風，對民調落後的候選人一陣猛戳，希望可以透過各種言語譏諷的提問，讓這位故作堅定的候選人露出疲態。然而他們都失望了，候選人相信選民的眼睛是雪亮的，自己一定會當選。一位大膽的記者忍不住說了：「你憑什麼？你民調一路低迷，憑什麼相信自己會當選？」

「因為我得眾啊！」

「可是你民調一路都是最低的啊！瞎了嗎？」

「錯！我得的眾，都是沉默的大眾。」

次日，他不負眾望地，低票落選。

同場加映

小邦周劇場

吉 祥

千秋

看似尋常最奇崛

吉祥話的原形

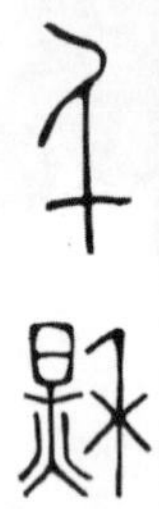

「千秋」印

吉祥話的出處

千秋是戰國璽印中的主流款，僅在《古璽彙編》這本書裡，就收錄了三十餘枚。雖然千秋一路流行到了現代，不過這個詞彙起源很晚，最早見於《戰國策．楚策》，「寡人萬歲千秋之後，誰與樂此矣？」千秋本來是千年的意思，千年以後指的自然就是死亡，也就是一種委婉的說法。後又因祝壽所用，又成為生日的代稱。這個詞彙挾帶著寬廣而實用的意義，蓬勃地發展至今，如今許多宮廟裡，都還可以見到某某神明聖誕千秋之類的話呢！

吉祥話的涵義

千秋，意思便是祈求長壽千年。那為什麼沒有千春、千夏、千冬呢？這個狀況可能是因為「年」的本義與禾穀豐收相近，因為古人重視農業，秋天又是收穫的季節，所以就成了年歲的代稱。那句「人生短短幾個秋」就是這個意思。而後引申為生日、長壽等意義，亦是緣此而生。

◎戰國「千秋」銅印，長 1.2×1.1 公分。（臺北故宮博物院藏）

這個詞彙在漢代非常流行，甚至以此為名的人也不少。翻翻《漢書》就能找到不少人，如丞相田千秋、關內侯鄂千秋、成安侯之父韓千秋、酷吏張湯之孫張千秋、弋陽侯任千秋、大學者蔡千秋……看多了，千秋、秋千都有點分不清楚了。能載入史籍，還是有點知名度的官員，那麼民間百姓叫千秋的，更自不待言。

吉祥話小故事

「秋」這個字，相信大家在小學就學習過了，可這個字的本源，卻曾難倒過一批文字學家呢！故事很長，要從《說文解字》說起。

秋字看起來像是一個禾，加上一個火組成，真要看圖說故事，也可以瞎編出秋天燒乾稻草的鬼話，可事實並非如此。《說文解字》中，說這個字是「禾」加上聲符「龜」構成，可能「龜」字筆畫太多，乾脆直接省掉，寫成「禾」加「火」的形式。可這樣省去聲符，不會讓人看不出發音嗎？別緊張，畢竟這個字的意思是季節之一，從商代就是常用字，因此省掉了也未必會有學習或辨識的困難。

憑什麼許慎說「禾」加「𤒎」就是對的呢？因為他收集到了秦以前的古文字「籀文」，在籀文中就是寫成「龝」。那許慎會不會有可能瞎編一個怪字或是他也被假資料給騙了呢？這話是半對半不對，「龝」從甲骨文就有，寫成這樣：「」，「禾」反倒是後來加上的形符。在甲骨文裡這個字用法就很特別，除了有「貞今秋禾不遘大水」（卜問今年秋天農作物是否遇上水災）這種表示「秋天」意思的例子外，還有向神明「告秋」的例子。

這就引起學者的注意了，因為這可能揭示了「𤒎」的造字本源。一開始大夥還朝著「龜」字上想，覺得是不是燒烏龜殼的意思？「」上面那隻動物和「」（龜）很像，都是一個豎起來的殼加上兩隻腳，向神明燒龜殼算命，也是挺合理的。

反對者認為主張是「龜」的有個巨大的問題，那就是為什麼甲骨文其他明確用作「烏龜」意思的「龜」字都不加上兩隻角，偏偏這個就要加兩隻觸鬚或是角呢？在「龜」這個說法之外，有人說這個長觸鬚的其實是蝗蟲。為什麼加火，因為古人會用火攻殺蝗蟲。（烤完說不定還能拿來吃呢！）這樣一來，向神明祈求的，就是拜託神明平息蝗災。

支持是「龜」的學者不屈不撓，硬是翻出一本叫《廣雅》的書，其中有「有角曰鼀」，又拉魏晉知名奇幻大書《抱朴子》作證，「玉策記曰：千歲之龜，五色具焉，其額上兩骨起似角，解人之言，浮於蓮葉之上，或在叢蓍之下，其上時有白雲蟠蛇。」但這兩本書其實都有點晚，都在東漢末到魏晉之間寫成，要拿這麼晚出的資料去印證甲骨文，相隔一千多年，恐怕就有點玄了吧？更玄的是《抱朴子》說的這種有兩角的大龜，是千歲之龜，大概也不是什麼真實存在的生物，反而更近於一種幻想。

於是龜派又挖出一篇古生物考古文章，說澳大利亞發現帶兩角的古龜化石，「雖然說是生存在兩千兩百萬年之前的古生物，但不能說在我國三千多年前的商代就沒有這類動物」。這個推理已令人咋舌，他又說：「因為甲骨文的雙角龜屬於象形字，當時必然實有其物，然後才能摹仿其形，這是可以理解的」。

這個救援的邏輯真就無法接受了，澳大利亞？兩千兩百萬年前？化石？蟲派又認為，甲骨文裡有「寧秋」的祭祀活動，寧就是平息，平息烏龜那很難說得通。在甲骨文中還有「寧風」，也是平息暴風的拜拜，同樣的，平息蝗害而求助神明，放回這些材料裡，顯然更說得通。而且甲骨文的「秋」無一例外的都寫成長兩隻角的，要是本來就是龜之類的生物的話，應該在那時候就會有混用的現象。

雖然目前認為是蝗蟲的說法較多，不過看成龜是從古人就開始的。因為這兩種形體，除了頭上兩支角外，差別很小，後來就寫成了龜，保存在籀文裡。又因為龜字不好寫，「秋天」這概念又很普遍，像「一」、「二」、「子」、「火」這類常用字一樣常見，無須過多的標音也可以無阻礙的辨識閱讀。因此，最後連訛誤成「龜」的那部分也消失了，只剩下火。

「秋」這個字看起來很平凡，可它的發展史波瀾奇崛，若是照著楷書、隸書這個「禾火為秋」的字形硬解，就不能真正了解它的構造。更遑論那些拿著隸、楷這類變形省減後的今文字來解析某人命運的說法，就更加無稽荒謬了。

活學活用　千秋

香煙繚繞的廟宇裡，阿嬤牽著孫子的手，來給廟裡的主神敬香。孫子問阿嬤，掛著的紅布幔上寫著「聖誕千秋」是什麼意思？阿嬤溫和地回答：「就是給最重要的人過生日的意思啊！」孫子似懂非懂，雙手合十，頂著被煙熏得流淚的雙眼，跟阿嬤走出了宮廟。

過了幾天，阿嬤的生日，孫子遞上卡片，只見上面寫著幾個歪歪扭扭的字：「祝阿嬤聖誕千秋。」阿嬤沉默了一下，忽然說道：「夭壽喔」！

聖誕千秋

同場加映

小邦周劇場

參考書目

1 眉壽——活好活滿

◎沈培著〈釋甲骨文、金文與傳世典籍中跟「眉壽」的「眉」相關的字詞〉，《出土文獻與傳世典籍的詮釋》，上海：上海古籍出版社，二〇一〇年，頁十九～四十五。

◎陳英傑著《西周金文作器用途銘辭研究》，北京：綫裝書局，二〇〇九年，頁三八六～三八九。

2 萬年——一個願望兩處滿足

◎陳英傑著《西周金文作器用途銘辭研究》，北京：綫裝書局，二〇〇九年，頁三八六～三八九。

3 永命——天公伯來相挺

◎裘錫圭著〈釋「衍」、「侃」〉，《裘錫圭學術文集·甲骨文卷》，上海：復旦大學出版社，二〇一二年，頁三七七～三八六。

◎裘錫圭著《文字學概要》，臺北：萬卷樓圖書公司，一九九五年，頁一五九。
◎潘富俊著《詩經植物圖鑑》，臺北：貓頭鷹出版社，二〇〇一年，頁一一四～一一五。
◎許倬雲著《西周史》增補二版，北京：生活・讀書・新知三聯書店，二〇一六年，頁一〇二～一二五。
◎陳英傑著《西周金文作器用途銘辭研究》，北京：綫裝書局，二〇〇九年，頁五〇〇～五〇三。

4 屯魯——一借八千里

◎鮑善淳著〈成語字義考十則〉，《安徽師大學報（哲學社會科學版）》一九八二年第二期，頁九二。
◎徐中舒著〈金文嘏辭釋例〉，《中央研究院歷史語言研究所集刊》第六本第一分，臺北：中央研究院歷史語言研究所，一九三六年，頁二九～三一。
◎陳英傑著《西周金文作器用途銘辭研究》，北京：綫裝書局，二〇〇九年，頁四三一～四三四。

5 無斁——永遠進行式

◎【清】朱駿聲著《說文通訓定聲》，北京：中華書局，一九九八，頁四七四～四七五。

◎張宇衛著〈再談皋、睪、臭之關係〉，《淡江中文學報》第三十四期，二〇一六年六月，頁一～三三。

◎王輝著《商周金文》，北京：文物出版社，二〇〇六年，頁二五九～二七〇。

◎張世賢著〈從商周銅器的內部特徵試論毛公鼎的真偽問題〉，《故宮季刊》一九八二年第十六卷第四期，頁五五～七七。

6 靈終——勇奪全身獎

◎林素娟著〈先秦至漢代禮俗中有關厲鬼的觀念及其因應之道〉，《成大中文學報》第十三期，二〇〇五年十二月，頁五九～九四。

◎黃德寬著《古文字學》，上海：上海古籍出版社，二〇一五年，頁二七九。

◎陳英傑著《西周金文作器用途銘辭研究》，北京：綫裝書局，二〇〇九年，頁三九六～三九七。

◎于省吾主編《甲骨文字詁林》，北京：中華書局，一九九九年重印，頁三一三〇。

7 多福——後來居上

◎方述鑫、林小安、常正光、彭裕商等編《甲骨金文字典》，成都：巴蜀書社，一九九二年，頁五〇九。

8 通祿——古代小確幸

◎張亞初、劉雨撰《西周金文官制研究》，北京：中華書局，一九八六年，頁一四八。

9 繁釐——聲聲不息

◎劉釗著《古文字構形學》，福州：福建人民出版社，二〇〇六年，頁七九～九四。頁三三六。
◎黃天樹著《說文解字通論》，北京：北京大學出版社，二〇一四年，頁四五。

10 綽綰——歲月饒過我

◎陳英傑著《西周金文作器用途銘辭研究》，北京：綫裝書局，二〇〇九年，頁三九八～四〇〇。
◎陳絜著《商周姓氏制度研究》，北京：商務印書館，二〇〇七年，頁六八～七〇。

11 黃耇——老態龍鍾

◎李發著〈文字訓詁與古籍整理舉隅〉，《南昌航空大學學報（社會科學版）》二〇一〇年第一期，頁九〇。
◎李樹珍著〈釋「黃髮」、「鮐背」及「耇」〉《現代語文（語言研究版）》，二〇一一年第六期，頁一五三～一五四。
◎黃天樹著《說文解字通論》，北京：北京大學出版社，二〇一四年，頁四五～六五。
◎陳英傑著《西周金文作器用途銘辭研究》，北京：綫裝書局，二〇〇九年，頁三九四～三九五。

12 祜福、永祜福——祝你幸福

◎黃錫全著〈棗陽郭家廟曾國墓地出土銅器銘文考釋〉，《古文字與古貨幣文集》，北京：文物出版社，二〇〇九年，頁一二二。
◎徐少華著〈從銅器銘文析古鄀國的婚姻與文化〉，《出土材料與新視野》，臺北：中央研究院，二〇一三年，頁二五四～二五五。

13 無期／毋已——祝福恆久遠，一句永流傳

◎林聖傑著〈公典盤銘文淺釋〉，《中國文字》新廿七期，臺北：藝文印書館，二〇〇一年，頁九一～一〇二。
◎杜正勝著《從眉壽到長生——醫療文化與中國古代生命觀》，臺北：三民書局，二〇〇五年。
◎金信周著《兩周祝嘏銘文研究》，臺北：國立臺灣師範大學國文學系博士學位論文，二〇〇二年。
◎徐中舒著〈金文嘏辭釋例〉，《中央研究院歷史語言研究所集刊》第六本第一分，臺北：中央研究院歷史語言研究所，一九三六年，頁一～四四。
◎鄧佩玲著《天命、鬼神與祝禱——東周金文嘏辭探論》，臺北：藝文印書館，二〇一一年。

14 它它熙熙——沒有盡頭的美好

◎徐中舒著〈金文嘏辭釋例〉，《中央研究院歷史語言研究所集刊》第六本第一分，臺北：中央研究院歷史語言研究所，一九三六年，頁一～四四。
◎林聖傑著〈公典盤銘文淺釋〉，《中國文字》新廿七期，臺北：藝文印書館，二〇〇一年，頁九一～一〇二。

◎鄧佩玲著《天命、鬼神與祝禱——東周金文嘏辭探論》，臺北：藝文印書館，二〇一一年。

15 **皇皇趣趣——夜半鐘聲又響起**

◎徐中舒著〈金文嘏辭釋例〉，《中央研究院歷史語言研究所集刊》第六本第一分，臺北：中央研究院歷史語言研究所，一九三六年，頁四一。
◎董楚平著《吳越徐舒金文集釋》，浙江：浙江古籍出版社，一九九二年。

16 **難老——逆天凍齡的祕密**

◎陳英傑著《西周金文作器用途銘辭研究》，北京：綫裝書局，二〇〇七年。
◎鄧佩玲著《天命、鬼神與祝禱——東周金文嘏辭探論》，臺北：藝文印書館，二〇一一年。
◎杜正勝著《從眉壽到長生——醫療文化與中國古代生命觀》，臺北：三民書局，二〇〇五年。

17 **永壽用之——長生不老的祕訣**

◎陳英傑著《西周金文作器用途銘辭研究》，北京：綫裝書局，二〇〇七年，頁四二〇。

◎鄧佩玲著《天命、鬼神與祝禱——東周金文嘏辭探論》，臺北：藝文印書館，二〇一一年，頁一四六～一四八。

18 去疾——史上最強防毒軟體

◎劉釗著〈古文字中的人名資料〉，《古文字考釋叢稿》，長沙：岳麓書社，二〇〇五年，頁三六〇～三八三。

19 宜有千金——貧民百萬富翁

◎白話史記編輯委員會主編，《白話史記（三）》，臺北：聯經出版事業公司，二〇〇二年，頁一七二三～一七四〇。

20 大吉——永遠不敗的吉祥話

◎楊伯峻著《春秋左傳注》，臺北：源流出版社，一九八二年，頁三五二～三五四。
◎沈玉成著《左傳譯文》，北京：中華書局，二〇〇八年，頁八七～八八。

21 得志——少年得志大不幸

◎河北省文物研究所編著《譽墓——戰國中山國國王之墓》（上）、（下），北京：文物出版社，一九九五年。

22 富昌——五世其昌

◎楊伯峻著《春秋左傳注》，臺北：源流出版社，一九八二年，頁一二二〇～一二二二。

◎沈玉成著《左傳譯文》，北京：中華書局，二〇〇八年，頁五四～五五。

23 宜禾——返鄉小農的樂土

◎裘錫圭著〈甲骨文中所見的商代農業〉，《裘錫圭學術文集・甲骨文卷》，上海：復旦大學出版社，二〇一二年，頁二三三～二六九。

24 宜官——當官這件事兒

◎白話史記編輯委員會主編，《白話史記（三）》，臺北：聯經出版事業公司，二〇〇二年，頁一六〇五～一六〇六、一六四〇～一六四一。

25 敬事——謹慎小心，面對人生

◎楊伯峻著《春秋左傳注》，臺北：源流出版社，一九八二年，頁二六八～二七二。
◎徐元誥著《國語集解》，北京：中華書局，二〇〇八年，頁二五六～二七〇。
◎沈玉成著《左傳譯文》，北京：中華書局，二〇〇八年，頁六七～六八。

26 得眾——我是萬人迷

◎【清】孫星衍著《尚書今古文注疏》，北京：中華書局，二〇〇四年，頁二二一～二四一。
◎劉釗著《古文字構形學》，福州：福建人民出版社，二〇一一年，頁一四二。
◎裘錫圭著〈關於商代的宗族組織與貴族和平民兩個階層的初步研究〉，《裘錫圭學術文集．古代歷史、思想、民俗卷》，上海：復旦大學出版社，二〇一二年，頁一三九～一五二。

27 千秋——看似尋常最奇崛

◎于省吾主編《甲骨文字詁林》，北京：中華書局，一九九九年重印，頁一八二九～一八三六。

穿越吧吉祥話；周朝的漢字劇場 / 黃庭頎．謝博霖
著. -- 初版. -- 新北市： 臺灣商務，2019.01

ISBN 978-957-05-3187-9(平裝)

1. 漢字 2. 周代

802.2 107022336

人文

穿越吧吉祥話
周朝的漢字劇場

作　　　者—黃庭頎．謝博霖
發　行　人—王春申
總　編　輯—李進文
編輯指導—林明昌
責任編輯—王育涵
書籍美術設計—吳郁嫻
插　　　畫—吳郁嫻
業務經理—陳英哲
出版發行—臺灣商務印書館股份有限公司
23141 新北市新店區民權路 108-3 號 5 樓（同門市地址）
電話◎(02)8667-3712　傳真◎(02)8667-3709
讀者服務專線◎0800056196
郵撥◎0000165-1
E-mail◎ecptw@cptw.com.tw
網路書店網址◎www.cptw.com.tw
Facebook◎facebook.com.tw/ecptw

局版北市業字第 993 號
初版一刷：2019 年 1 月
印刷：沈氏藝術印刷股份有限公司
定價：新台幣 380 元
法律顧問—何一芃律師事務所

臺灣商務官網　　臉書專頁